EL VAIXELL DE VAPOR

El príncep Alí

Emili Teixidor

Il·lustracions: Miquel Zueras

editorial cruïlla

Quarta edició: setembre 1995 (primera d'Editorial Cruïlla)
Cinquena edició: març 1997 (segona d'Editorial Cruïlla)
Sisena edició: octubre 1997 (tercera d'Editorial Cruïlla)

Edició: *Gemma Lienas i Massot*
Il·lustracions i coberta: *Miquel Zueras*

Balmes, 245 - 08006 Barcelona

Comercialitza: CESMA, S.A.
Catalunya i Balears: Sant Boi de Llobregat,
tel. (93) 630 84 00
fax (93) 630 87 50
C. Valenciana: València, tel. (96) 375 50 00
fax (96) 375 73 25

ISBN: 84-8286-021-6
D.L.: M-37.251-1997
Imprès a Espanya / *Printed in Spain*
Impremta SM

1 *No sabia si m'havien clavat un cop a la closca*

NO SABIA si m'havien clavat un cop a la closca amb un bastó o amb una barra de ferro, o bé si m'havien fet olorar un drap xop de cloroform perquè caigués inconscient, o bé si m'havia desmaiat o havia perdut els sentits jo tot sol, esverat per tot el que passava. Quan vaig treure'm el mocador que m'havien lligat al cap, per tapar-me els ulls, no vaig veure res. Com si m'hagués tornat cec. Vaig notar que estava assegut en un sòl de fusta humida que podia ser el terra d'un pis o d'una casa i que quan estirava les cames no trobava cap obstacle. Vaig notar també que em repenjava en un angle una mica llefiscós que podia ser un racó de paret, un soterrani, potser. Uns segons després em va semblar sentir soroll d'algú que enraonava i es movia prop meu, però no vaig poder veure qui era.

A poc a poc, els ulls ofesos per l'estrebada del mocador que m'havien posat al davant van anar-se acostumant a la foscor de la cambra humida on em trobava. Vaig començar a distingir uns cossos que es movien davant meu i a sentir més veus que conversaven. On em trobava? Qui era aquella gent que enraonava?

Mentre els ulls se'm desentumien i les figures parlants adquirien més relleu i nitidesa, em va passar pel cervell, com un llamp, tot el que havia ocorregut.

La primera cosa de la qual vaig prendre consciència fou que el darrer lloc on em recordava d'haver estat abans de despertar-me en aquell món desconegut era en un ball de disfresses al Palau Chaillot, a París. La música, les lluminàries, els vestits, els convidats, la noia rossa... Havia anat a la festa del Palau Chaillot disfressat de príncep àrab d'un conte de *Les Mil i una nits*, no recordo si era Alí Babà (el dels quaranta lladres), o bé Aladí (el de la llàntia meravellosa). A mi no m'agradava de disfressar-me, però la mare, que era actriu, s'ho passava d'allò més bé i anava sempre carregada de vestits estranys i potingues per tenyir-se i pintar-se, m'havia guarnit com un patge del rei de la moreria.

–Faràs patxoca, creu-me! No et coneixerà ni el teu pare, ni els teus germans, si fossin aquí a París, amb nosaltres i et poguessin veure. Quina fila! Deixa'm veure't. Molt bé; has quedat molt bé! Totes les noies voldran ballar amb tu. Seràs la sensació del Palau Chaillot.

Jo protestava una mica:

—Vols dir que em divertiré? Vols dir que he d'assistir a aquesta festa? Vols dir que no m'avorriré com un mussol? Has dit que són tots estrangers i jo només sé dir unes quantes paraules en francès...

—Per ballar no cal pas moure els llavis. Vull veure com balles, eh! Et vull veure ballar tota la tarda!

Jo no deia res.

—Recorda les lliçons que t'he ensenyat...

—La música del teu temps i la música d'ara...

—Què vols dir? No et pensis pas que al Palau Chaillot i en una festa cultural, on el govern francès ha convidat tots els diplomàtics i artistes que es troben a París, toquin les músiques dels teus discos o de les discoteques... Serà una música alegre, però seriosa, gens estrident...

—Els grans..., vull dir vosaltres..., vull dir... els diplomàtics i artistes, també anireu disfressats?

—No. Ja t'he dit que hi haurà una festa per als grans, que dius tu, una altra per als... petits, ai! els joves volia dir. T'ho he explicat mil cops. Els organitzadors han pensat que per no avorrir amb discursos els fills dels diplomàtics i artistes, aquests podien celebrar un ball de disfresses en un dels salons del Palau...

—Quina ximpleria! Com si no sabéssim distreure'ns sols els..., nosaltres..., els que no som vells, vaja!

2 *No vaig ser la sensació de la festa*

NO VAIG SER la sensació de la festa, com preveia la mare, per tres raons. Primera, perquè amb més de dos mil convidats, i més o menys doscents nois i noies amb les disfresses més originals, des del qui s'havia vestit d'esquimal o d'esclau egipci fins a la imitació perfecta de l'emperadriu Isabel d'Anglaterra o la reina Cleopatra, era difícil destacar-hi. Segona, perquè els... grans, que no anaven disfressats, eren de països i cultures tan diferents (negres amb vestits virolats i llargs fins als peus, àrabs amb turbant i gel·laba de seda negra i blanca, índies amb sari i roba de color safrà...), que la majoria dels convidats adults feia més goig que els seus fills amb vestits postissos. I tercera, perquè l'entrada al Palau era tan gran i hi arribava tanta gent de cop que era difícil de pujar i baixar escales sense caure a terra d'una empenta, és a dir, enmig del formiguer era impossible distingir-se.

Els pares van deixar-me de seguida al lloc reservat per al jovent per assistir a una conferència i jo em vaig avorrir una estona tot sol a la sala de ball on dues orquestres es rellevaven en unes peces més aviat suaus, melòdiques, de l'any de la picor.

El públic, tot de vailets i noies més o menys de la meva edat, disfressats, com jo, amb més o menys humor, protestava de la carrincloneria de la música. I tot d'un plegat, la vaig veure.

3 *Era una noia rossa, alta, fina*

ERA una noia rossa, alta, fina. Anava disfressada de ballarina, tota blanca, unes sabates de setí blanc, mitges de seda blanca, vestit amb faldilla estufada de tul blanc, i una cinta blanca al coll, sense res més. La cabellera rossa, rossa, estirada cap enrere i lligada a la nuca amb una altra cinta blanca. Tenia els ulls blaus, gairebé verds, i vam mirar-nos. És a dir, ella ja em mirava a mi quan jo vaig adonar-me d'ella, a l'altra banda de la pista on ballaven, o ho feien veure, dues o tres parelles.

Era molt bonica i vaig pensar: «Noi, has tingut sort! Sembla que li caus bé. Per ser la primera vegada que vas a una festa a París i per no tenir encara cap amic a França, i per xampurrejar només mitja dotzena de paraules en gavatx, no està pas malament. Oh, i sobretot per ser la primera vegada que decideixo llançar-me a ballar seriosament...! Quina sort si t'hi acostes i et diu que sí, que vol ballar amb tu!»

No vaig pensar com li ho demanaria, ni si ella era francesa o italiana o russa. El cas és que, com si m'hagués endevinat el pensament, la noia rossa, sense deixar de mirar-me, es va posar a caminar en direcció al lloc on jo estava palplantat, com si vingués a treure'm a ballar. Va travessar la pista de ball sense que ningú en fes cabal perquè el públic s'havia apinyat a l'estrada on actuava una de les orquestres per reclamar una música més jove, més actual, més estrident.

La noia rossa, en arribar davant meu, va somriure i, sense deixar de mirar-me, va allargar la mà per donar-me un paperet. Després, tot passant pel meu costat, va sortir cap a fora, on hi havia un bar i tot d'altres sales amples i ben il·luminades. Jo amb prou feines vaig tenir temps d'agafar el paper.

La noia rossa va desaparèixer sales enllà i jo, sorprès, amb el paperet als dits, no vaig tenir esma per seguir-la. Vaig mirar el paperet de seguida. Era una targeta de visita, doblegada per la meitat. Amb lletra d'impremta escrita a mà, sense cap nom imprès, posava en un francès fàcil d'entendre: «Exposició sobre la No-violència. Vestíbul del Teatre Nacional Popular. Palau Chaillot. París.»

«Quina cosa més estranya!», vaig dir-me, i com que la festa ja no m'interessava ni poc ni gaire, vaig sortir al bar del costat. Cambrers uniformats es passejaven oferint begudes en safates plenes de gots i ampolles. Vaig aturar-ne un per ensenyar-li la targeta, i l'home va indicar-me una escala ampla que baixava al costat d'unes vidrieres immenses per on es veien totes les llums de París, la torre Eiffel i l'esplanada del Camp de Mart.

Encuriosit, mig per joc mig per avorriment, vaig baixar les escales. Encara vaig haver d'ensenyar la targeta un parell de cops més, fins que vaig arribar a unes portes grans sobre les quals figurava el rètol «Teatre Nacional Popular». Havia arribat al teatre sense sortir del gran edifici, el qual incloïa, segons que m'havia informat un dels senyors a qui havia mostrat el paperet i que era sud-americà, a més del Palau, el Teatre Nacional Popular, dos o tres museus i més organismes encara.

Mentre llegia el rètol, vaig notar per primer cop que m'havia allunyat de la festa, que el lloc era fosc i que no hi havia ningú més. Les grans vidrieres per on havia albirat la torre Eiffel i les llums de París, es veien més amunt d'on jo era ara, i la música i la lluminària de la festa eren amunt també, lluny.

De sobte, algú em va empènyer cap a les portes del Teatre. No vaig poder girar-me per veure qui era. Només sé que es va obrir una porta i em vaig trobar en un lloc desert i silenciós. Era el vestíbul del teatre, una mena de sala d'espera amb tot de fotografies grans com cartells, penjades a les parets, enmig de portes i sofàs. Només vaig poder fixar-me, com en un llampec, en el retrat del fons, situat entre les portes d'entrada a la platea. Representava un vell indi mig nu i hi havia un rètol amb el seu nom, «Gandhi». Algú al meu darrere va posar-me de seguida una mà a la boca i va ficar-m'hi un drap humit i flonjo com cotó fluix... Algú altre va lligar-me fort un mocador al cap per tapar-me els ulls. I al mateix temps, un tercer m'agafava els braços, me'ls torçava cap a l'esquena i començava a lligar-me els punys. Jo em defensava amb els peus, els genolls, les cames..., però era inútil. Els enemics invisibles del meu darrere no em deixaven girar. Quan van tenir-me ben lligat, vaig notar que un macip amb el cos i la força d'un gegant m'agafava per la cintura i se'm carregava a l'espatlla, com si fos un sac de patates. I el gegant va començar a caminar. I jo no podia fer res perquè el forçut m'havia immobilitzat les cames amb un braç, ben estretes contra el seu costellam, i amb l'altre braç em clavava el cap contra el seu pit. I ja no recordava res més fins aquest moment, que notava el terra humit, les parets llefiscoses, les veus i les formes davant meu, un mal gust a la boca com si la tingués plena de serradures, les mans lliures i els punys una mica segats de la corda o el cordill amb què m'havien lligat.

4 *Les cinc persones que discutien davant meu*

LES CINC PERSONES que discutien davant meu estaven tan apassionades en la conversa que no es van adonar que jo m'havia tret el mocador dels ulls i, a mesura que m'acostumava a la claror, els observava amb curiositat.

La cambra era gran i fosca. Només una trista bombeta sense pàmpol il·luminava el lloc. Jo estava assegut a terra, en un racó. Els cinc homes que discutien estaven asseguts sobre uns llits esquifits com catres de caserna, o amb el cul repenjat als ferros dels peus dels llits. Era una cambra trista, perquè a més de la poca llum de la bombeta, els ferros dels llits eren negres i rovellats i les mantes que cobrien uns matalassos prims com el dit xic eren de color brut, com les flassades que porten els soldats, i plenes de forats i de pedaços. Vaig calcular que en aquell espai s'ensardinaven cinc o sis llits, i el més estrany de tot era que a la part més llunyana i mal il·luminada s'hi amuntegaven un pilot de caixes negres... com baguls. Quin lloc misteriós era aquella mena de magatzem ple de llitots i caixes de morts?

No entenia res de la xerrameca que sentia. Parlaven en francès, però era un francès molt diferent del que m'havien ensenyat a l'escola o del que jo havia sentit i parlat al barri on feia poc que ens havíem instal·lat, a París, els pares i jo. Només entenia paraules aïllades com ara «Palau Chaillot», «tren», «imbècil», «policia», «príncep», «Eva» i «diamants». M'hi hauria d'acostumar si volia caçar-ho tot. Els cinc homes que discutien eren tots diferents. Els dos que estaven drets, repenjats a les barres de ferro dels llits, eren els que cridaven més i semblaven més excitats, com si escridassessin els altres tres, com si fossin els caps de colla i reptessin, enfadats, els seus subordinats.

El més gran de tots cinc i un dels dos que s'esgargamellaven era un home d'una cinquantena d'anys, petit, grassonet, brut, greixós i fastigós. Els faldons de la camisa estripada li sortien pel davant dels pantalons, de sota d'un jersei massa petit de color de xocolata que deixava escapar un tros de panxa amb el llombrígol enlaire. Els pantalons li feien una bossa als genolls que gairebé li arribava al turmell. Les sabates, enfangades, tortes i mig descordades. Portava un barret de color terrós, amb taques d'humitat, caigut cap al clatell. I duia una mena d'abric curt o americana llarga, no sabria dir ben bé què era, tan arrugat i fastigós que no se'n podia distingir el color, només es podia dir que era d'un color brut fosc. Tenia la cara com una bufeta de llard, portava unes ulleres velles rodones que li engrandien els ulls i el feien semblar una òliba, i exhibia un bigotet de quatre pèls mal afaitats i de dos o tres colors diferents: rossos, negres i blancs. Era el qui cridava més i, quan alçava els braços per escridassar els tres que seien al llit o enfrontar-se amb el galifardeu que tenia al davant, tota la roba se li regirava cap amunt i se sentia un soroll com d'estrip, d'esparracada. Els altres l'anomenaven Monsieur Ludovic o senyor Ludovic amb un cert respecte, cada cop que li deien alguna cosa, que no era gaire sovint.

El galifardeu que tenia al davant era més jove, d'uns divuit anys més o menys. Era alt i prim com un gànguil, de cara fina, pàl·lida i trista. Tenia les de perdre perquè al cap d'una estoneta de violenta disputa, el noi va callar i es va quedar amb els ulls baixos, la mirada perduda al terra de fusta humida, vella i podrida, una mica encorbat, com aclaparat per alguna desgràcia. Portava uns texans nets, unes sabatilles de tennis, un jersei vermell i una caçadora blava. Tenia els cabells una mica enrinxolats, de color molt negre, amb un rínxol que li queia al front. De tant en tant el noi feia un gest amb el cap, enrere, per evitar que el rínxol li tapés un ull, però lentament el rínxol baixava altre cop a posar-se sobre una cella. Ningú no el mirava, com si ell no fos la causa de la discussió. Dos o tres cops, sense mirar-lo i sense deixar de discutir amb els altres, el senyor Ludovic el va assenyalar amb el dit i li va dir «Cèsar», i per això jo vaig suposar que el nom d'aquell noi abatut era Cèsar.

5 *Els altres tres*

ELS ALTRES TRES seien amb el cul apuntalat als llits que hi havia a la part més clara de la cambra o el magatzem, dos a una banda, en un mateix llit, i l'altre al llit del costat. Tots tres semblaven preocupats i tenien el cap descansat en la mà, la barbeta al mig del palmell i el braç recolzat al genoll. Tots tres escoltaven atentament la cridòria i els reganys del senyor Ludovic i només alçaven el cap per replicar, vivament, amb fúria i tot a vegades, als crits de qui semblava el capitost. I després de la rèplica tornaven a quedar emmurriats, cellajunts, amb la cara entre les mans i els ulls ferrenys, enrabiats, sorruts.

El que seia sol de cara als altres dos era un noi negre. Semblava molt jove, molt alt i molt forçut. Potser era un boxejador i tot. Dic que semblava alt i forçut perquè com que estava assegut no podia comparar-lo amb els altres, però tenia una cama ficada entre els genolls dels del llit del costat i calculava que les seves cames en feien dues de les dels altres. Era l'únic que quan parlava no podia alçar el cap, només podia alçar els ulls, perquè el cap gairebé li arribava a la cara del senyor Ludovic, que baladrejava davant d'ells. Aquell noi devia ser el gegant que m'havia carretejat a les espatlles com si fos un sac de patates.

Portava uns texans molt descolorits i apedaçats, sabatilles de bàsquet virolades i una samarreta sense mànigues, ben blanca, amb unes lletres grosses de color blau al davant que deien: «VISCA MALI». Duia un mocador de color vermell lligat al coll, amb el nus al darrere, com el porten els atracadors per tapar-se la cara, però ell portava la cara descoberta i el mocador caigut, a la manera dels segadors, o, segons m'havia fixat una nit, com molts escombriaires per protegir-se, si calia, de la pols i la pudor de les escombraries. La samarreta deixava veure uns bíceps inflats, potents, de boxejador. Parlava un francès estrany, amb veu ronca i terrible com un tro, arrossegant les erres com un carro de rocs i, de tant en tant, interrompia el seu discurs per clavar-se cops al pit, el qual ressonava com si piqués la porta d'un castell i aleshores deia: *«Moi, Victor»*, «Jo, Víctor», és a dir, el seu nom era Víctor.

Els altres dos eren una mica iguals de cara, però el vestit i el color de la pell els diferenciava totalment. Encara que tenien la mateixa alçada i la mateixa edat, si fa no fa la del negre, en Víctor, i la del noi alçat, en Cèsar, i els mateixos ulls negres i lluents i el mateix somriure trist a la boca, es veia de seguida que un d'ells era àrab perquè portava un barnús blanc que li arribava fins als peus i feia una cara tota escotorida, amb el nas xafat i ample de badius damunt uns llavis gruixuts i inflants, d'un color roig fosc, gairebé moradenc, que es confonien amb la pell d'argila o de coure vell. L'altre noi era de pell blanca, i portava uns pantalons vells de color gris i un jersei verd de coll alt i tenia unes faccions regulars, elegants, una mica infantils. Dos altres detalls els distingien: el moro calçava sandàlies, sense mitjons, i portava els cabells curts, anava gairebé pelat al zero. L'altre, en canvi lluïa una cabellera a l'estil hippy, i calçava botes negres i mitjons virolats. En el transcurs de la discussió s'atribuïren els noms de Hassan, l'àrab, i Dionís, l'altre. Hassan i Dionís, doncs.

6 *Aquest darrer, en Dionís*

AQUEST DARRER, en Dionís, va ser el primer a adonar-se que jo ja m'havia deixondit i que, tret el mocador dels ulls, els observava amb atenció. De moment no va dir res, però en una pausa de la discussió, quan tots esperaven que parlés, perquè li havien fet una pregunta, ell va girar el cap en direcció al meu racó, i tots els ulls es giraren al seu torn cap a mi. El silenci es féu més llarg i jo em vaig sentir com engabiat en una presó d'ulls.

El senyor Ludovic, amb passes barroeres, s'acostà al racó on jo jeia. En arribar al meu davant alçà el braç per agafar-me o pegar-me o què sé jo quina intenció tenia, però en Dionís i en Cèsar, ràpids, el van agafar, un per cada braç i el van obligar a tornar enrere. El senyor Ludovic remugava mentre el feien tornar al lloc d'abans i en Cèsar li deia alguna cosa en veu baixa. El noi negre i l'àrab, en Víctor i en Hassan, no es van moure. En Dionís se m'acostà un altre cop. S'ajupí per posar-se al meu nivell, a la gatzoneta, i em digué en un parlar lent, molt ben pronunciat, com si es dirigís a un nen petit, que jo vaig entendre de seguida:

–No tinguis por. No et farem cap mal, si podem. Però sobretot, no cridis ni et moguis.

Jo me'l vaig mirar sense dir res. Ara, de prop, em semblava més jove, més feble i amb els vestits més rònecs que quan estava assegut al llit.

–Tot el que fessis o cridessis, seria inútil. Ningú no et pot sentir i és impossible escapar-se d'aquí.

Un altre silenci. Els dos ens observàrem. Ara em semblava endevinar un mig somriure en la ganyota dels seus llavis.

–Com deus haver vist, entre nosaltres no estem d'acord en moltes coses... Compte, doncs, si no vols rebre! Ja coneixes la dita: dos es barallaven i un tercer va rebre. El tercer, en aquest cas, ets tu.

Estava massa atordit per sorprendre'm i en Dionís degué prendre la meva indiferència per incredulitat.

–És difícil d'explicar aquesta situació... Només puc dir-te que tu no ets qui ens pensàvem que eres... Vols dir alguna cosa? Pensa que com que tu ets un altre, vull dir que com que ens crèiem que tu eres un altre, ara ens fas més nosa que servei, maleït siga!

Jo vaig dir, amb dificultat:

—Jo no us conec de res, no us he vist mai, i vosaltres a mi tampoc...

—T'hem escorcollat i t'hem trobat papers a les butxaques. Per això sabem qui ets, i d'on surts, i què hi feies, al Palau Chaillot... Portaves una invitació a la festa dirigida als teus pares i una altra al teu nom, entre altres foteses...

Automàticament vaig palpar-me les butxaques. No m'hi havien deixat ni el mocador per mocar-me.

—On sóc? —vaig demanar.

—Això ja és una altra història. No t'ho puc dir. Compleix les meves ordres i procurarem que te'n surtis tan bé com puguis..., o com puguem.

—Per què no em deixeu tornar a casa si no sóc la persona que volíeu agafar...?

En Dionís anava a respondre'm però el senyor Ludovic s'acostà, seguit de prop per en Cèsar. En Dionís, en sentir darrere seu la presència de l'homenàs, s'alçà i ambdós començaren a esbatussar-se a crits. Jo intentava d'esbrinar què redimonis deien amb aquella mena de xampurreig que parlaven, però només copsava paraules o petites frases aïllades com «criminal», «segrest», «una altra prova», «diamants», «policia», «no» i altre cop «Palau», «Eva», «príncep», «diamants» i «tren».

Em passava que quan parlaven de pressa i a crits no els entenia, però si ho feien a poc a poc i de manera normal, pescava gairebé tot el que deien, com quan en un examen tens por de no recordar-te de res i de sobte se t'obre el cervell i ho recordes tot.

Quan els crits ja no podien ser més alts, i les cares del senyor Ludovic i d'en Dionís no podien enrogir més, en Cèsar va intervenir amb paraules suaus que apaivagaren la discussió.

—Deixeu d'escatir de qui és la culpa. Ara ja és inútil saber qui es va equivocar. En aquest vaixell, hi naveguem tots cinc i si la nau naufraga ens enfonsarem plegats —vaig mig entendre que aconsellava el llargarut.

El senyor Ludovic, eixugant-se la suor de la cara amb el revés de la màniga de l'americana llarga o l'abric curt, es retirà a seure al costat del noi negre, en Víctor, sense dir res. En Cèsar agafà pel coll en Dionís i se l'emportà a un racó, lluny dels altres tres, per parlar tots dos sols. Era el racó al costat del lloc on jo jeia i vaig sentir perfectament el que deien.

—Ja n'hi ha prou, si et plau, d'aquest color —començà en Cèsar—. Tots sabem que ens hem equivocat i que tu no has estat mai d'acord amb els nostres mètodes. Però ara no es tracta de si hem d'actuar d'una manera o d'una altra, sinó de tres coses.

—Digues.

—Primera: hem de convèncer el senyor Ludovic que aquest colomí... —en Cèsar em mirà de reüll i vaig comprendre que el colomí era jo— no ens farà cap mala passada si el deixem volar tranquil. Que no acudirà a la bòfia i trobarà una excusa raonable per explicar, si cal, la seva desaparició. I, el més important, que ho oblidarà tot, les nostres fesomies en primer lloc. Com si no ens hagués vist mai, com si al món no fóssim.

—Bé, això és fàcil. Jo parlaré amb el xicot i trobarem una sortida segura, que complaurà tothom.

—Segona: cal saber per què l'Eva s'ha equivocat tan estrepitosament portant-nos aquest xanguet, en lloc del peix gros que volíem pescar.

—Això és fàcil també. Parlarem amb l'Eva, però jo ja puc endevinar què ha passat. Aquest xicot s'ha disfressat molt bé de príncep àrab i l'Eva l'ha pres per l'autèntic príncep Alí. Ni l'Eva ni nosaltres no sabíem res del ball de disfresses que celebraven avui al Palau Chaillot. Quins informants tenim! Uns xivatos que no xiven res! M'hi jugo el cap que ha passat tal com et dic! Si quan baixava les escales del Palau, tots ens ho hem empassat, que era el príncep Alí!

—I tercera cosa: hem de posar-nos d'acord per tornar a començar, però aquest cop sense errors. Si ens equivoquem una altra vegada, el senyor Ludovic ens engegarà al botavant i no farem res del que volem fer. No trobarem el príncep Alí, ni les joies, ni els diamants, ni desemmascararem la colla del Mestre Aristides, la banda dels Guiris, com havíem calculat.

7 *La banda dels Guiris i la colla de l'Enterramorts!*

–LA BANDA DELS GUIRIS i la colla de l'Enterramorts! –rigué en Dionís–. Si no canviem de mètodes, la banda dels Guiris ens passarà la mà per la cara. Ja sabeu que jo no crec en la vostra manera de fer. Jo penso que amb paciència, enginy i de manera pacífica s'aconsegueix molt més que amb violències, segrestos, corredisses i patacades. Som una colla de fer plorar de riure o de llàstima! Fins ara tot ens ha sortit malament. Som la riota de la gent de la briva. Els brivalls, els lladres, la púrria..., el *milieu* que en diuen aquí, ens motegen i ens han tret noms com «la colla de l'Enterramorts», «la banda dels pispes mandrosos», «les germanetes de la Caritat de Santa Ludovica» o «la banda dels Finolis». Jo us he ajudat per amistat i per donar una lliçó a la banda dels Guiris, però des d'ara si no es fa tot de manera més intel·ligent, més professional, jo no intervindré en res més.

—Més tard parlarem de què cal fer i com cal fer-ho. Ara hem d'enllestir el primer problema: què fem amb aquest paio per tal que tots estiguem segurs? —demanà en Cèsar.

En Dionís es girà per mirar-me.

—Em deixeu mitja horeta per parlar amb ell? Mentrestant, vosaltres sortiu al bar de la cantonada a fer una queixalada.

—I tu et quedaràs sol amb aquest vailet que no coneixes?

—No se'm menjarà pas.

—Si ho dic perquè ets capaç de deixar-lo escapar pel forat del pany...!

—Qui parla! Un esclafaterrossos que així que va posar el peu a França, en arribar a l'estació d'Austerlitz, tots els pillets de París van reconèixer com el babau més gran que havien vist en sa vida. Un colomí tan totxo que va caure de seguida en l'entabanada més senzilla de totes: la de «les joies del príncep Alí». Una estafa que els llonzes més llonzes i tanoques veuen venir de lluny i ja no hi cauen ni els més babaus!

—Bé, no t'enfurismis. Que tu no ets partidari de la violència física, però el que és de la violència verbal..., renoi, com fereixes amb aquesta llengua enverinada...!

—Que un de vosaltres es quedi amb mi si voleu estar més segurs. Així us podrà venir a avisar quan hàgim arribat a un acord.

—Un acord amb garanties que el noi callarà com un mort. Com un mort, ja m'entens...

—No pateixis. Quedareu satisfets. Deixeu-me sol amb el presoner —repetí en Dionís.

En Cèsar va acostar-se al grup i els parlà un moment en veu baixa. Els devia convèncer, perquè el senyor Ludovic i el noi àrab, en Hassan, van aixecar-se i van seguir en Cèsar cap a la porta. El noi negre, en Víctor, va estirar-se al llit on seia, i les cames li sortien dos o tres pams cap enfora. Amb les mans al clatell, que li feien de coixí, va cloure els ulls com si volgués dormir. Es veu que havien decidit deixar el xicot negre de vigilant. Abans de tancar la porta, el senyor Ludovic va girar-se i, dirigint un dit acusador a en Dionís, li llançà un parell de bramuls.

—Diu que si no trobo una sortida al teu cas, se't menjarà de viu en viu —va somriure en Dionís mentre seia al meu costat, al racó—. No en facis gens de cas. És un baladrer. Si hagués complert tot el que ens ha amenaçat des que hem arribat, ja fórem tots morts, tu el primer, passats pel ganivet o ofegats al riu Sena. Són uns bandits de pa sucat amb oli, però...

En Dionís va posar-me la mà al braç i em confià:

—...Però cal anar amb compte, perquè poden fer-te molt de mal. Estan desesperats i serien capaços de qualsevol bestiesa. Parlem-ne una mica i ho entendràs millor. Tenim poc temps i, ja ho has sentit, hem de trobar una solució que els garanteixi que tu no diràs mai res a ningú, com si no hagués passat res, com si no ens haguessis vist mai. Si no la trobem, ja has begut oli. Què hi dius?

Jo vaig gratar-me el clatell i vaig esperar una estoneta abans de dir el que pensava. Havia d'arriscar-m'hi i fer confiança a aquell noi que semblava que volia ajudar-me a sortir de la trifulga.

—Mentre parlàveu, vosaltres dos..., el noi alt i prim...

—En Cèsar i jo?

—Sí. Us he escoltat i se m'ha acudit una bona solució. Però hauríeu de deixar-me trucar a casa per calmar els pares. Deuen estar esverats, es deuen haver pensat que m'he perdut per París, i demanaran auxili als gendarmes, si no l'han demanat ja.

—Els *flics*!...

Jo el vaig mirar sorprès.

—La bòfia, home, la poli, els gendarmes, els *flics* que en diem aquí! Bé, explica't, abans. Trucarem a casa després, així que hàgim trobat una sortida.

—També m'agradaria que tu m'expliquessis tot el que ha passat... I quin lloc és aquesta mena de magatzem ple de... caixes de morts...

—No demanes pas res, noi... En la situació en què et trobes..., no és poc demanar... Quin *culot*!

—Què vols dir?

—És una altra expressió francesa. Una mica

barroera, de l'argot. Barrejo les paraules, saps? Al cap d'un temps de viure en un país estranger, amb una llengua que no és la teva, barreges les paraules i ja no saps quin llenguatge parles. I quan, passat el temps d'aprenentatge, et sembla que ja entens i parles bé l'idioma del país, és quan copses que hi ha accents diferents a cada barri i a cada ciutat i paraules noves a cada colla de gent que trobes. I jo ho barrejo tot! Volia dir quin coratge i quina barra!

—És que el meu projecte depèn de si sou realment uns bandits, vull dir uns gàngsters com cal, o una colla d'aficionats.

En Dionís va mirar-me, divertit. Després de pensar-s'hi un moment, va confessar:

—Diguem que més aviat som *amateurs.* Cap de nosaltres no és un professional..., excepte el senyor Ludovic, però ell és un professional... en un altre ram.

—Aleshores, el pla pot funcionar.

—Explica't.

—Explica't tu primer. Ja t'he dit que el meu projecte depèn del que volguéssiu fer vosaltres.

—Quines penques!

—Home! Em teniu a les vostres mans. Què temeu? Si em dius alguna cosa compromesa, i després que jo t'hagi explicat la meva solució, trobes que no et satisfà i creus que t'he aixecat la camisa, no em deixeu marxar. M'hi jugo la pell jo, tu!

—També tens raó.

—Explica't, doncs.

—Bé, començo jo, però ens explicarem un tros cadascú, així ningú no arribarà al final sense haver sentit per on va l'altre.

—Quina confiança!

—Ah, murri, jo no poso mai tots els ous a la mateixa cistella!

—Sí, però, qui no s'arrisca no pisca. Comença, doncs.

—Començo... una mica.

8 *Va resultar*

VA RESULTAR que el noi negre, en Víctor, feia d'escombriaire a la nit i s'entrenava unes hores cada migdia en un gimnàs per poder boxejar algun dia i guanyar molts diners amb els quals somiava tornar al seu país, a Mali, una nació del centre d'Àfrica, independent només des del 1960, i amb poca terra fèrtil. Per sort l'idioma oficial era el francès, és a dir que en Víctor havia tingut pocs problemes amb la llengua.

Que en Hassan era marroquí i treballava vuit hores cada dia en una cadena de muntatge de cotxes a la fàbrica Renault, feia ja dos anys, quan havia arribat del Marroc a la recerca d'un treball regular.

Que ell mateix, en Dionís, no treballava en res, no tenia feina, era un *chomeur*. Havia treballat un temps en una fàbrica de televisors com a electricista, però la fàbrica no havia pogut admetre'l definitivament perquè li mancaven papers, permisos de treball i de residència. I s'havia quedat sense feina.

—I de què vius? —el vaig interrompre jo.

—Faig alguna feineta per al senyor Ludovic. En realitat, en Cèsar i jo vivim de fer una mica de criats del senyor Ludovic i ell ens deixa dormir en aquest magatzem que té, i ens dóna una mica de dinar. Per sopar ens espavilem com podem. Bé, ara, darrerament, en Hassan i en Víctor també dormen aquí. Com més som, menys basarda ens fan els baguls. I ara rai...! A vegades hi ha morts i tot que dormen aquí!

—En Cèsar tampoc no té cap feina fixa?

—Tampoc. En Cèsar ha arribat a París fa molt poc. Just un parell de mesos. Tots som immigrants, excepte el senyor Ludovic, que és francès de soca-rel.

—I en què treballa el senyor Ludovic?

En Dionís va arrufar el nas i es va girar per contemplar les caixes negres amuntegades en el racó fosc.

—El senyor Ludovic és enterramorts. Més ben dit, és propietari d'una empresa de pompes fúnebres. El Somni Etern, se'n diu...

Vaig sentir una esgarrifança i em vaig alçar per desembalbir tot el cos. En Dionís va aixecar-se també i vam continuar la xerrada drets, amb les cames repenjades als ferros dels peus del llit més pròxim. En Víctor dormia, o ho feia veure, en el llit més apartat.

En Dionís em contà que ell era portuguès,

del nord de Portugal, que havia fugit del seu país quan hi havia una dictadura molt forta, d'un dictador que es deia Antonio Salazar, que mantenia ja feia anys una guerra amb Angola, una colònia portuguesa a l'Àfrica, perquè ell no creia que amb les armes i la violència s'arreglés res. Era, doncs, un desertor, o un «objector de consciència», un «no violent». A París havia trobat altres nois, americans del nord, sobretot, que també havien fugit dels Estats Units perquè no volien anar a lluitar contra el Vietnam. Que havia hagut de travessar la frontera amb Espanya clandestinament, i s'havia amagat i havia treballat en un poblet de Galícia (ell deia Galiza), i després, en un altre de Santander, i encara en un altre de Lleida, durant uns quants mesos, i per això entenia la nostra llengua. A la fi, però, s'havia refugiat a França, perquè París era ple de portuguesos i espanyols que hi havien trobat feina, i aquí podria amagar-se i espavilar-se millor. Si la policia l'atrapava, el tornaria al seu país on el farien anar a la guerra, si no de grat per força. I a França era il·legal, no tenia permís de residència ni permís de treball, cap paper, i per això no podia treballar fix enlloc, només podia treballar *au noir*, «a les fosques», és a dir, en secret, perquè si els gendarmes ho arribaven a saber l'expulsarien del territori. El senyor Ludovic s'aprofitava d'aquesta situació i li oferia treballs escadussers per quatre francs, una misèria, però valia més allò que res i passar fred i gana. Ara, darrerament, el dictador Salazar havia mort i la guerra d'Angola semblava a punt d'acabar-se, aviat podria tornar a Portugal on havien canviat moltes coses, però no tenia diners i l'única cosa que no havia canviat era que encara no hi havia feina per a tothom. Gairebé un milió de portuguesos havien arribat a França a la recerca de treball. Els espanyols també eren molts, gairebé tants com els portuguesos. Tots fugien de la dictadura o de la fam. I ara, justament, el govern francès començava a no voler més treballadors estrangers perquè la feina escassejava fins i tot per als mateixos francesos.

–Quants anys tenies quan vas fugir de Portugal?

–Setze... Vaig guillar un any abans que em quintessin. Quatre anys o més durava el servei i pocs en tornaven vius. I avui els diaris diuen que Angola està a punt de guanyar la independència!

–I no hi has tornat més?

–Mai més. No podia pas arriscar-me a passar altre cop, sense cap document dues fronteres i exposar-me que m'engarjolessin. I a més, on vols que vagi sense diners?

Als vespres, en Dionís solia treure el cap per un bar de l'avinguda de Wagram, prop de l'Arc de Triomf, que era el lloc de reunió de tots els emigrants del sud que treballaven de conserges, criats, xofers, cuiners, cambrers, vigilants nocturns..., i mil altres petits oficis, en les luxoses residències d'aquell barri, un dels més rics de la capital. El bar, o taverna, o *bistrot* com diuen els francesos, es deia Èvora, i era obert tota la nit, perquè hi acudien els treballadors nocturns que feinejaven pel barri, per exemple, les brigades d'homes i dones que netejaven despatxos, botigues, oficines i magatzems, i que aprofitaven la nit perquè al matí, en obrir al públic, ja fos tot net; els guardians de pàrquings que s'avorrien a les hores petites de la matinada; els escombriaires del carrer; els vigilants de nit dels grans edificis; els camioners que entraven a París, o en sortien... I també era el lloc on acudien a tota hora, però sobretot a la nit, petits delinqüents i gendarmes d'uniforme i de paisà, a veure què hi passava...

—Jo hi anava perquè no tenia un altre lloc on anar —explicava en Dionís—. Aquest magatzem, que el senyor Ludovic ja em deixava per dormir, era ple de caixes de morts i de corones fúnebres, per això m'estava tanta estona com podia ronsejant pel cafetot, a vegades tota la santa nit, per basarda de ficar-me en aquest cementiri, tot i que l'Èvora no és un lloc segur, perquè la policia de tant en tant hi fa una agafada, i s'emporta els sospitosos o els indocumentats en el *panier à salade*, «el cistell de verdura», que diuen aquí de la furgoneta blava on fiquen els detinguts per portar-los a la comissaria. A l'Èvora podia parlar amb la meva gent i sempre trobava algú que es compadia de mi i em convidava a menjar un entrepà de mortadel·la o em deixava menjar la meitat de la seva truita de ceba. Encara que, com t'he dit, els clients eren gent del sud: grecs, italians, turcs, iugoslaus i àrabs, la majoria de parroquians eren immigrats de la península Ibèrica: andalusos, portuguesos, gallecs, extremenys... De fet, l'Èvora és el lloc de trobada dels espanyols i portuguesos a París. Com la Plaça Major d'un poble. A l'Èvora vaig conèixer en Víctor i en Hassan, que hi acudien, com jo, per fugir de la humitat i tristesa d'unes cambres petites com un cop de puny, *chambres de bonne* en diuen, «de criada», situades a les golfes d'un edifici de sis o set pisos sense ascensor... Uns caus que només d'entrar-hi ja et cauen les parets al damunt. I allà vaig conèixer també el cap de la banda dels Guiris, un individu sinistre anomenat el senyor Aristides, *Monsieur* Aristides, que va ser qui ens proposà el primer «treball».

—Us va proporcionar treball?

—No siguis ximple! «Treball» en l'argot dels trinxeraires vol dir...

—Ja ho entenc: una malifeta.

—Més o menys.

—Quin «treball» us va encomanar? I per què en diuen «els Guiris», de la seva colla?

—«Guiri» és un mot de l'argot que vol dir estranger, excepte àrab i negre, perquè els àrabs i els negres són mirats i tractats encara pitjor que els altres estrangers. Ja pots entendre, doncs, quin peu calcen el senyor Aristides i la seva banda. Són uns racistes: s'aprofiten dels immigrants però no admeten a les seves files cap «moreno» ni cap «jai», és a dir, àrab.

Jo vaig repetir.

—Quin «treball» us va encarregar el senyor Aristides?

En Dionís es va asseure al llit i aixecant el cap va dir:

—El de l'estafa de les joies del príncep Alí.

—No entenc res... A qui havíeu de fer l'engalipada? Es tractava d'entabanar un príncep àrab anomenat Alí, i vendre-li unes joies falses o què?

—No entens absolutament res... L'estafa de les joies del príncep Alí és la primera lliçó que aprenen els pispes, o els aprenents de pispes; és l'abecedari dels lladres, l'examen d'ingrés als estudis i les pràctiques de la professió... Tothom sap de què va, fins i tot aquells que mai no han somiat de dedicar-se a l'ofici dels dits llargs, que no n'han sentit la vocació o la necessitat... No em diguis que ningú no ha intentat mai de vendre't les joies del príncep Alí...

—No..., ningú..., mai...

—Ah, és bo de saber-ho! Un altre a punt de caure. Quin babaia!

—Vols dir-me o no a qui vau entabanar?

—La primera víctima fou... en Cèsar.

—En Cèsar...? El que... fa un moment... ha sortit... amb...

–Sí, sí, el mateix. En Cèsar havia de ser el nostre primer colomí.

–Havia de ser...? Per què dius «havia de ser»? Vols dir que no vau enredar-lo?

–No. Van passar tot de coses..., un munt de coses... Però, jo ja he parlat prou. Comença tu, ara. És el teu torn. Apa, digues: quina és la teva vida? Què t'ha sortit del magí per garantir-nos que no correràs com un nen bon minyó a les faldilles de la mare o dels gendarmes així que et deixem anar? Si et deixem anar, que no és pas segur que et deixem anar.

9 *Feia només un parell o tres de dies que érem a París*

–FEIA NOMÉS un parell o tres de dies que érem a París i ens van convidar a una festa d'upa.

Així vaig començar jo el meu torn. Procurant parlar molt a poc a poc i fent tot de ziga-zagues per guanyar temps. Si convenia, explicaria l'arbre genealògic de la meva família i tot. Mentrestant, acabaria de conèixer aquell minyó que tenia al davant i se m'acudiria la manera de deixar-lo amb un pam de nas, és a dir, fúmer el camp així que es confiés una mica massa. Semblava bon jan. No em podia pas queixar: per ser els primers bandits que trobava, semblaven força enraonats.

–Érem a París el pare, la mare i jo. Els germans s'havien quedat a casa, a Barcelona, el meu germà gran perquè havia de participar en un campionat d'esquí i la Coret Carmesí perquè s'havia enamorat com una lloca d'un noi del veïnat i no volia moure's dels vidres del balcó ni un minut per si de cas el galant sortia al carrer i s'adonava de l'adoració que la beneita de la meva germana li portava.

»La decisió d'anar a viure a París una temporadeta l'havia anunciada el pare un dia al vespre, en arribar a sopar. Tot just assegut al cap de taula que etzibà:

»"–El director del diari m'ha demanat si volia anar a treballar una temporadeta a París. El nostre corresponsal a França s'ha posat malalt, just en el moment en què a París està a punt d'obrir-se una importantíssima conferència mundial sobre la immigració. Tots els diaris hi enviaran les millors plomes per explicar als lectors els acords i les solucions que tots els països reunits trobin per ajudar a resoldre aquest problema...

»"–Quin problema? –demanà la bleda de la Coret, que només tenia al cap el seu enamorat.

»"–El problema de la gent que canvia de país obligada per raons greus, la principal de les quals és ara la manca de feina o els sous insuficients en els llocs on han nascut, com fins fa poc ho eren les raons polítiques dels perseguits per les dictadures, sobretot després de la guerra...

»"–París... –La mare alçà els ulls al cel–. Oh, París..., els teatres, els cafès, les cançons, la moda, les flors, els perfums, el Sena, els ponts, la torre Eiffel, els grans bulevards, l'Arc de Triomf...!

»"–Para el carro –s'alarmà el pare–, que jo hi vaig a treballar i no a passejar-me.

»"–La veritat és que unes setmanes a París se'm posarien d'allò més bé –tornà a sospirar la mare–. I ara puc marxar, perquè demà acabem les representacions de la comèdia i fins d'aquí a un parell de mesos no començarem a assajar la nova peça. I a París podré veure tot el teatre del món i aprendre coses noves! Per a una actriu sempre és interessant un cop d'ull a París de tant en tant!

»"–Doncs ara és l'ocasió. Hi anem tots o hi ha algú que vol quedar-se?

»Els germans al·legaren els seus motius. I un cop acceptades les excuses, tots els ulls es clavaren en mi.

»"–I tu, Pere...? Pots deixar els estudis un parell o tres de setmanes?

»Em venia de nou tot allò. No sabia què fer ni què dir, però em sembla que en el fons em feia gràcia de conèixer París.

»"–Bé... –vaig murmurar–. Aquests dies coincidiran amb las vacances de Pasqua que ja són quinze o vint dies...

»"–Jo dic quinze dies, però la conferència durarà més. Compta un mes llarg. Com portes el curs?

»"–... i així quan tornem, almenys, no s'atreviran a suspendre'm el francès mai més.

»"–Així sia –acabà el pare. I fou el senyal que tot estava decidit.

10 *Els dos primers dies*

»ELS DOS PRIMERS DIES d'arribar a París van ser un traüt d'obrir maletes, penjar vestits, col·locar llibres, aprendre a respondre bé per telèfon, conèixer el barri; on és la fleca i el carnisser i el mercat..., i la bústia de correus i el quiosc dels diaris...

»"–Menjarem al restaurant sempre que puguem –decidí la mare–. A França una criada és un luxe asiàtic. I jo no vull pas passar tot el sant dia a la cuina.

»"–Un luxe, una criada? –vaig fer jo–. Doncs he sentit dir que aquí la majoria de noies que fan la feina de la casa són andaluses o portugueses o sicilianes...

»"–O catalanes... –va dir el pare–. També hi ha molts catalans escampats pel món.

»"–Raó de més per no llogar-ne cap –digué la mare–. T'imagines tot el dia a casa amb una criada del poble dels avis, com si no ens haguéssim mogut d'allà baix?

»El pare endreçava una taula de despatx i els prestatges d'una llibreria i hi col·locava la màquina d'escriure, papers i piles de llibres i diaris.

»"—Com és —vaig preguntar jo— que la gent del sud, africans, turcs, italians, portuguesos i grecs..., tots pugen cap al nord per buscar treball? A Barcelona també passa igual: plena de gent nascuda a fora que s'hi ha quedat a treballar i a viure-hi. I Madrid, i totes les grans capitals de cap amunt, el mateix.

»"—La fam els empeny... —va dir la mare, que ordenava les seves potingues de bellesa, cremes i perfums, al tocador del dormitori—. Gent del sud: misèria i companyia...

»El pare i jo vam mirar-nos estranyats del to despectiu de la mare. Ella se'n va adonar i va corregir:

»"—Ai, perdoneu...! És que estic tan contenta de trobar-me a París! És com un somni! Unes vacances...

»"—Sí, però no oblidis que jo he vingut a treballar —rigué el pare—. També som una mica immigrants.

»"—Immigrants de luxe —vaig dir jo—. Nosaltres venim perquè volem, per gust, amb les espatlles ben guardades.

»"—Bé. No ens posem tristos, ara. Tinguem la festa en pau. No us poseu a discutir, pare i fill, ara.

»Els dos primers dies van passar així: aprendre a conèixer les línies del metro, admirar-se davant els monuments coneguts...

»"–Vist en una postal és més descansat... –va decidir la mare, després de caminar dels Camps Elisis a la catedral de Nôtre Dame.

»Als restaurants, desxifrar els noms desconeguts que amagaven menjars nous. Badar als aparadors. Seure en un cafè tot mirant la gentada. Pujar a tots els llocs alts (la torre Eiffel, la muntanya del Sagrat Cor, la torre Montparnasse...) per veure totes les llums de París als peus, "com una catifa d'estels", que deia la mare, romàntica.

»"–Bé... –va fer la mare la nit del tercer dia des del restaurant al cim de la Tour Montparnasse–. Jo ja en tinc prou de caminar, de taxis, de metros, d'empentes i de turisme. A partir de demà em fico als teatres i a sales d'exposició.

»"–Mentre no et fiquis en una botiga –rigué el pare, que ens havia trobat feia poca estona–. A partir de demà, jo tampoc no tindré tant de temps lliure. Demà comença el Congrés.

»Tots dos em van mirar.

»"–No us preocupeu –vaig dir jo–. Em podeu deixar solet. No em perdré pas.

»"–Què faràs, però, tot el sant dia sol, sense amics, en una ciutat estranya de deu milions d'habitants?

»"–No ens l'havíem d'haver emportat.

»"–I si tornessis a casa d'aquí a una setmaneta?

»"–Ah, no! Jo em quedo a París. Ara ja està fet.

»"–Troba, almenys, alguna cosa que t'ocupi el temps. Et faré una llista de museus que pots visitar, d'art, de ciències, i et trobaré unes classes per perfeccionar el francès...

»Vaig quedar tot moix davant la perspectiva que amenaçava la meva llibertat. Passada una estoneta, el pare va afegir:

»"—Demà a la tarda hi ha una festa al Palau Chaillot. La festa d'inauguració del Congrés.

»"—Oh...! —va fer la mare—. Què em posaré?

»"—Una festa avorrida o més o menys bona? —vaig demanar jo.

»"—Els joves també hi sou convidats. Els fills dels congressistes, diplomàtics, periodistes, fotògrafs... És a la tarda. Serà una festa d'upa. Per cert que per al jovent hi ha un ball de disfresses. Demà, doncs, no tindràs problema de temps ni d'avorriment.

»"—Oh, i jo et podré maquillar i vestir com si fóssim al teatre! Quin goig que faràs! Seràs la sensació de la festa!

»"—Ah, no! Jo no em pinto ni em disfresso, ni que em matin!

11 *Al Palau Chaillot*

»AL PALAU CHAILLOT tot eren escales i salons plens de gent de tota mena. Al saló més gran hi havia, en un cantó, un bufet amb cambrers i cambreres que servien amablement entrepans i begudes als qui s'apropaven i una orquestra molt fina a l'altra banda, que no deixava de tocar. Però poca gent ballava. La majoria s'estaven drets formant petits grups, amb un got a la mà i xerrant.

»Per al jovent hi havia begudes lleugeres al bufet d'una sala decorada de manera menys seriosa, les parets plenes de cartells dels Beatles, Gandhi, Pelé, Jack Stewart, Mick Jagger, Albert Einstein amb cabellera llarga, Cassius Clay, Che Guevara, Charlot, Marilyn Monroe... i totes les mòmies de la *postermania* de la meitat dels anys setanta, i en una sala contigua, dues orquestres més lleugeres que tocaven una música més aviat ensopida. Gairebé ningú no ballava tampoc.

»Quan els pares van haver saludat un munt de persones i jo vaig poder anar per les meves, vaig treure el cap a la sala del jovent.

»"—A les deu ens retrobarem aquí —va marcar-me el pare—. En aquesta columna. Anirem a sopar al *bistrot* del costat, si ens queda gana.

»Després de voltar una miqueta pertot arreu, vaig quedar-me clavat a la porta de la sala de ball, sense saber què fer. No coneixia ningú. I em trobava estrany, disfressat d'aquella manera. Em feia l'efecte que tothom es fixava en mi i em sentia ridícul. Em penedia mil vegades d'haver-me deixat convèncer per la mare i accedit al seu desig de pintar-me i vestir-me com un príncep àrab. Quina mala pensada! Em sentia com un esclop dintre d'una gàbia de vidre.

»Nois negres i noies pàl·lides, nòrdics de pell blanca i sud-americans de pell de color de cafè, àrabs i japonesos, israelians i russos, no hi havia un parell de joves que s'assemblessin en res. Com si haguessin triat, entre els fills i amics del convidats de tot el món, els més diferents possibles. I a més, tots disfressats de la manera més original i divertida.

»El públic, tot de vailets i noies de més o menys la meva edat, disfressats, com jo, amb més o menys humor, protestava per la carrincloneria de la música. I, tot d'un plegat, la vaig veure.

»Era una noia rossa, alta, fina. Anava disfressada de ballarina, tota blanca...

»I ja saps com va acabar, la festa. Ara et toca a tu.

12 *El senyor Aristides*

–EL SENYOR ARISTIDES feia vida en una taula de marbre d'un racó del bar Èvora. Hi arribava cada dia uns minuts abans de les dotze (abans de dinar) i s'entaulava al seu racó. Era com el seu despatx. Els amics, coneguts, clients, en fi, tota la xusma s'acostava a la seva taula del fons del local, a saludar-lo, a parlar-hi, a proposar-li negocis, «treballs», cops, afers..., o bé a rebre ordres i informacions. El cambrer, un noi bretó una mica taujà anomenat Edgar, s'hauria guardat com d'escaldar-se de donar aquella taula a un altre client. I si, a darrera hora del matí, algun despistat s'hi asseia, pels volts de migdia, l'Edgar s'hi acostava i li pregava amablement:

»"–Perdoni, però..., que li importaria de col·locar-se en una altra taula? És que aquest lloc és reservat per al senyor Aristides.

»El senyor Aristides era un home prim, elegant, amb bigotet engominat i cabells xafats a la closca, planxats amb brillantina. Vestia impecablement, sempre conjunts blau marí, l'americana encreuada, corbata blanca, de seda lluent, amb una agulla acabada en perla blanca grossa com l'ungla del dit gros, la camisa de color canyella amb coll rodó, les puntes d'un mocador blanc que li sortien de la butxaca de dalt de l'americana, i un clavell blanc al trau. Portava sempre a la mà uns guants de pell grisa que no es posava mai. Sabates negres lluents com un mirall i polaines. Tenia la cara picada, plena de punts i sots, com si hagués tingut la verola, el nas prominent, caraeixut, sense llavis, no somreia mai, i si algun cop, pel que fos, ho intentava, el somrís li quedava glaçat a les dents i una galta li quedava tibada cap enlaire, immòbil, com un inici d'atac d'epilèpsia.

»"–Ja ha arribat el senyor Aristides, tu –es deien els pinxos que gandulejaven pel bar, o a la sala de billar que hi havia al soterrani, i era com si ja hi fóssim tots, com si s'hagués completat el conjunt, com si ja pogués succeir qualsevol cosa.

»El senyor Aristides portava sempre una cartera de pell de cocodril, luxosíssima, que deixava sobre la taula, i en arribar demanava un aperitiu, un Ricard, per començar.

»Dinava sempre amb un o dos individus dels que rondaven tot el dia pel bar, un jove i un vell, igualment ben guarnits. Eren els seus lloctinents.

»Després començava la desfilada de gent que s'hi acostava per consultar algun afer o escoltar les paraules del "mestre".

»A vegades s'hi apropava algun xicot i li mostrava un rellotge o un anell o una arracada que es treia mig vergonyosament de la butxaca. El senyor Aristides agafava la joia amb compte i la mirava de lluny amb desdeny, com si li fes fàstic. Algun cop la donava a un dels seus lloctinents, que no s'allunyaven mai gaire de la seva taula, i l'ajudant la mirava a contrallum, acostant-se als vidres de la terrassa. Després, quan la peça havia tornat a la taula del "mestre", sense dir res, o bé la retornava tirant-la a les mans del pobre vailet, que sortia del bar amb la cua entre les cames i enmig de les riotes dels brivalls, o bé se la ficava a la butxaca i sense ni mirar el noi, agafava la cartera de pell de cocodril, en treia uns papers, i es posava a escriure. Un dels lloctinents tustava el noi a l'esquena, es treia una cartera plena de francs, li allargava un bitllet petit i amb el cap li feia signe que escampés la boira.

»A la nit, després de sopar, hi havia una mica de tertúlia a l'entorn de la taula del senyor Aristides. ELs contertulians xerrotejaven i reien, ben alt; el senyor Aristides, mai. I tothom s'adonava que la xerrameca i les rialles eren només per raspallar-lo a ell, per donar-li sabó.

»A mitjanit, tant si plovia com si feia bon temps, tant si l'Èvora era ple com si era mig buit, tant si tenia algú a la taula com si havia quedat sol, el senyor Aristides s'alçava, recollia els guants i la cartera de pell de cocodril i sense dir ni mitja paraula, només inclinant lleugerament el cap en passar per davant del taulell, sortia a fora i desapareixia nit enllà, per un dels carrers del final de l'avinguda.

»Quan el senyor Aristides sortia, es feia un silenci gran, tothom parava un moment la conversa o les cartes, o deixava el got de vi, com si fos el darrer dia de l'any i toquessin les dotze i ningú no volgués deixar de sentir l'hora. Després, com si fos un any nou, un altre món, el soroll, els crits, la gresca, eren represos, més forts que abans, fins i tot alguna nit amb baralles, cops o ganivetades, fets que amb la presència del senyor Aristides en el local no es produïen mai.

–I com és que els gendarmes no l'agafaven, si tothom sabia que era el cap d'una colla de malfactors, el cervell de la banda dels Guiris? –vaig demanar jo.

En Dionís somrigué, com qui explica una lliçó fàcil a un alumne endarrerit:

–Tothom ho sabia, però ningú no tenia proves de res. Era com els lloctinents: tothom sabia que eren els segons de la colla, però ni el senyor Aristides ni ells no ho havien dit mai. Simplement feien de lloctinents però no ho deien mai; i si en feien era que ho eren, ho entens una mica? Era una cosa que tothom notava, veia i se n'adonava. Si la bòfia, els *flics*, els haguessin acusat d'alguna cosa, ells haurien dit: «Quin mal fem, per estar-nos al voltant d'aquesta taula?»

—Però, on viu el senyor Aristides? Ningú no l'ha seguit mai?

—No ho sap ningú. Una nit, un grec que volia ficar el nas pertot arreu va contar-nos que l'havia seguit un bon tros, i jurava que a la cantonada del carrer més fosc, al final de l'avinguda, l'esperava un cotxe amb xofer negre i tot, un Rolls Royce o un Cadillac, ja no me'n recordo, i que el xofer negre, tot uniformat, baixava per obrir-li la portella i fer-li reverències. Però l'endemà el grec saberut no va comparèixer pel bar i no l'hem vist mai més.

13 *Nosaltres*

»NOSALTRES, vull dir en Víctor, en Hassan i jo, rondàvem pel bar i pels billars, sense dir res, observant-ho tot, fins que un dia, el cambrer bretó, l'Edgar, ens va insinuar, tot rient:

»"–I vosaltres, morts de gana, a veure si algun dia us atipeu de fer la papallona, amunt i avall, a dintre i a fora, i us decidiu a fer alguna cosa de profit!

»"–De profit? –rigué en Víctor.

»"–Sí, sí, de profit –l'Edgar va fer el gest amb els dos dits, fregant-se l'índex i el gros, per significar diners, tot mirant un dels lloctinents, el més jove, que es deia Dagobert, com sabríem més tard, per ficar-lo en la conversa.

»"–Aquests el que esperen és que els toqui la rifa –comentà el lloctinent Dagobert, acceptant la invitació de parlar amb nosaltres.

»"–Què vols que fem de profit en la nostra situació? –va dir en Hassan.

»"–Home! si us ho preneu així...! –va fer l'ajudant del senyor Aristides–. Ja se sap que no hi ha soldat més derrotat que aquell que ja va vençut a la batalla.

»"–Som les bèsties de càrrega del país..., tothom s'atreveix amb els immigrants. El propietari del lloc on dormim amuntegats vint o vint-i-cinc negres ens fa por perquè diu que ens pot deixar al carrer qualsevol dia perquè no tenim els papers en regla; el patró que ens dóna feina ens fa por perquè diu que pot despatxar-nos qualsevol dia perquè no tenim els papers en regla; la policia ens fa por perquè diu que si ens atrapa pot expulsar-nos del país perquè no poden arreglar-nos els papers... I quan alguns elegits aconsegueixen tenir els papers en regla, aleshores tenen por de tothom perquè quan es pensaven que ja estaven en regla i eren normals, com la majoria de ciutadans, tothom els diu que són diferents, que hi ha una gran diferència entre ser francès i ser estranger, encara que aquest estranger tingui els papers en regla. I tenim por perquè ens diuen que 'ser diferent' vol dir 'ser inferior' i que tots els estrangers som 'enemics'...

»"–Té raó, en Víctor... Al barri on visc en una cambra miserable, a la nit els estrangers no podem sortir sols, perquè bandes de nois del país ens apedreguen i ens insulten... 'Torneu al lloc d'on heu vingut!', ens criden... Què més voldríem nosaltres, que poder tornar a casa!

'Fora els estrangers que ens roben la feina', ens diuen... Ara ens volen fer tornar a casa amb les mans buides, després d'haver-nos cridat per fer les feines més dures i més brutes quan ens necessitaven! No és cert, els recrimino jo, allò que deien abans tots els refugiats, exiliats i treballadors d'arreu del món, que tots els homes tenen dues pàtries, la seva i, a més a més, França. Ara és més cert allò que vaig sentir dir a un savi, professor o no sé què, que també és estranger i treballa aquí, és clar que en una feina molt neta. Ell deia: 'Allà on trobo el treball i la llibertat, allà és la meva pàtria.'

»Semblava que ara em tocava a mi de contar les meves peripècies. Però jo no vaig dir res. Per un instant van passar-me pel cap totes les aventures que havia hagut de sofrir abans d'arribar a París, des de la sortida de casa en plena nit fins a travessar la frontera de Galícia, amagat enmig de porcs en un camió de transport, i els mesos de feina mal pagada i encara gràcies per pobles de mala mort, fins a poder arribar a la ratlla de França, i el robatori que suposava haver de donar tots els guanys a un guia que t'ajudés a passar els Pirineus amb un ramat d'homes de tota mena que volien entrar, com jo, il·legalment a França amb l'esperança de trobar-hi un jornal i qui sap si un racó on viure en llibertat.

»"—I encara a tu la diferència no se't veu en el color de la pell, en la religió o en altres coses! —afegí en Hassan mirant-me com si em retragués la blancor de la cara–. A mi la gent del barri em crida: 'Si no teniu gasolina per al cotxe, fiqueu un àrab al motor!'

»"–Home! –rigué en Víctor–. A mi el més fluix que em criden és: 'Negre, torna-te'n a la jungla; ja no comprem esclaus.'

»En Dagobert havia escoltat els nostres greuges amb interès i al final va dir:

»"–Tots som estrangers aquí! Tots som guiris! Germans, aquí estem nosaltres per ajudar-vos a treure-us l'espina i a donar una lliçó d'urbanitat a aquesta gent que es passeja davant nostre amb la cartera plena de francs, els dits rutilants de joies, les bosses plenes d'encenedors d'or, amb rellotges al puny perquè si no miressin l'hora no sabrien quan tenen gana... Voleu que us ensenyem a espavilar-vos i a treure-us la son dels ulls? Voleu deixar de somicar i fer alguna cosa de profit? Voleu entrar a la banda dels Guiris, una germandat d'homes lliures que lluiten per viure millor? Voleu conèixer el senyor Aristides?

»Sense esperar que li diguéssim sí o no, en Dagobert s'acostà a l'altre lloctinent i li parlà a cau d'orella. El lloctinent vell, després d'escoltar-lo atentament, ens va mirar de cap a peus com un sastre que ens hagués de tallar un vestit nou. Acabat l'examen ocular, el lloctinent vell s'acostà a la taula del senyor Aristides i tot inclinant-se respectuosament li va xiuxiuejar unes paraules a l'orella. El senyor Aristides ens clavà els ulls glaçats de fit a fit una bona estona, primer a en Víctor, després a mi i en darrer lloc a en Hassan. Després va inclinar el cap lleument en signe afirmatiu i amb la mà va fer un gest d'acomiadament al seu segon de bord.

»El lloctinent vell se'ns acostà amb un somriure satisfet als llavis:

»"–Molt bé! –ens allargà la mà que vam prémer un darrere l'altre, sense dir res.

»L'Edgar contemplava l'escena darrere el taulell i exclamà:

»"–Enhorabona! –com si haguéssim tret la rifa–. Quina sort, nois! Ja podeu dormir tranquils! El senyor Aristides us ha acceptat a la seva banda!

»"–Calla, ganàpia, que si no fossis tan taujà ja hauries sortit de darrere el taulell, però no pots fer altra cosa que netejar gots bruts perquè tens menys cervell que una puput!

»En Dagobert, després d'insultar el pobre cambrer, ens va acompanyar cap a la sortida del bar, i ens va donar a entendre que ja no hi teníem res a fer en aquell lloc, que el nostre camp d'acció era un altre. I abans de dir-nos bona nit, ens va engegar aquestes indicacions en to imperatiu, com una ordre que no admet discussió:

»"–Demà a les set del vespre sereu tots tres a l'estació de trens d'Austerlitz, al costat de la porta d'arribada de combois. Durant quinze dies us ensenyarem l'ofici i els seus trucs. Demà començarem per la primera lliçó, que és la més fàcil: la de les joies del príncep Alí. Tothom hi cau la primera vegada, i els més totxos, la segona i tot.

»Ja giràvem cua, mig atordits, quan en Dagobert ens va cridar altre cop:

»"—Ep, nois! Em descuidava de dir-vos que des d'ara, res d'aventures aïllades, cap afer propi. Treballeu exclusivament per a la banda. I si surt alguna oportunitat, recordeu que la llei és: la meitat per al senyor Aristides i l'altra meitat en dues parts, l'una per als companys i l'altra per als qui hagin posat la carn a la graella. Ja m'enteneu, oi? Vull dir, per als autors del fet. I una altra llei, potser la més important de totes: les mans llestes però la boca sempre closa, i si algú fa trampes, ho pagarà car.

»Vam caminar una estona sense dir-nos res. A la fi, en Víctor, va explotar:

»"—Ens hem deixat atrapar com uns cadells!

»"—La meitat de la meitat, i la resta, per a ells! Usurers! Criminals! Lladres! Pòtols! Mal arribats!

»Jo em pensava que ens proposarien qui sap què, una cosa grossa, el cop del segle, i després a viure com uns milionaris per sempre més sense fer res. I ens surten amb l'ensarronada de les joies del príncep Alí que tots els benaventurats que arriben a París coneixen com el nom dels seus pares! Quina vergonya!

»En Víctor i jo vam preguntar a en Hassan:

»"—Però, tu coneixes de què va això de les joies del príncep Alí?

»"—I tant si ho conec! Han intentat estafar-me dues vegades amb aquest sistema!

»"—I en què consisteix? Explica't.

»"—Quins bajocs que esteu fets! Demà a les set a l'estació d'Austerlitz ho veureu a la pràctica.

»"—Sabeu què penso?

»"—Penses, Víctor?

»"—De tant en tant, Hassan; no com tu que saps tot de què va, però et deixes aixecar la camisa com nosaltres.

»"—Digues, va!

»"—Doncs que no estaria malament d'aprendre com fer anar els dits durant quinze dies amb aquests catedràtics de l'Èvora, i després... dir-los adéu-siau. Si volien enredar-nos, els enredarem nosaltres i ens establim pel nostre compte.

»"—Vols formar una banda... pel nostre compte?

»"—Clavat.

»"—Necessitaríem un altre element.

»"—Tres no és bon número?

»"—Quatre és millor. Si ens hem de partir alguna feina, quedem dos i dos.

»"—No està mal pensat.

»"—Coneixeu algú de confiança?

»"—No, però demà el coneixerem.

»"—Què vols dir, Hassan?

»"—El quart membre de la colla serà... 'el príncep Alí'.

14 *No ho entenc*

—NO HO ENTENC —jo vaig interrompre la narració d'en Dionís—. És a dir, sí que ho entenc...

—A veure si t'expliques millor.

—Vull dir que com és que el senyor Aristides acceptés a la seva colla, la banda dels Guiris, un negre com és en Víctor i un àrab com és en Hassan, si abans m'has dit que només acceptaven estrangers excepte «morenos» i «moros», perquè eren uns racistes fins al capdamunt.

—Espera; deixa'm explicar i ja ho veuràs. Al primer moment nosaltres estàvem tan atabalats que no vam caure en aquest detall. Els motius de cada colla són tan estranys i vénen de tan lluny, moltes vegades d'episodis obscurs i oblidats, que no hi vam parar atenció. Més tard, però, vam pagar-ne les conseqüències.

15 *A dos quarts de set del vespre*

»A DOS QUARTS DE SET del vespre del dia assenyalat érem tots tres a la reixa del cantó de l'arribada dels trens a l'estació d'Austerlitz. Ni en Dagobert ni el lloctinent vell ni cap de les cares conegudes del bar Èvora no havien arribat encara.

»"–No he pogut dormir en tota la nit –vaig dir als meus companys.

»"–Doncs jo he dormit com un liró i he somiat els calés que farem a partir d'avui –rigué en Víctor.

»"–Tots esperàvem una ocasió com aquesta... –mirà de justificar-se en Hassan.

»"–Com aquesta..., no ho sé...

»"–No ens vinguis amb escrúpols tu, ara! –en Víctor s'empipava per moments.

»"–Vam quedar que si el negoci no anava bé o no ens agradava, com a mínim aprendríem una mica l'ofici de fer anar els dits llestos per poder establir-nos pel nostre compte –va dir en Hassan–, i que si necessitàvem un altre soci, el número quatre, per fer dues parelles si calia, l'altre tronc seria el príncep Alí.

»"–Això vas proposar-ho tu. Nosaltres no vam dir ni que sí ni que no, entre altres raons perquè no vas voler explicar-nos ni mitja paraula de tot aquest embolic que et portes tot solet.

»"–Però, a veure, Dionís, què et passa? De què tens por? Pot anar-nos més malament del que ja ens va ara? Què et neguiteja?

»"–No heu pensat que els trens que arriben aquí, a Austerlitz, són trens que vénen del sud, d'Espanya i Portugal, el Lusitania Express, el Catalunya Express, l'Express Puerta del Sol...?

»"–Què vols dir amb això?

»"–Són trens plens d'immigrants, de gent com nosaltres, que vénen de Catalunya, d'Andalusia, dels ravals de Lisboa, dels poblets gallecs... Són pobra gent com nosaltres!...

»A les set en punt, en el moment que els altaveus anunciaven l'arribada d'un tren aparegueren en Dagobert i tres altres cares conegudes del bar. Un dels tres individus portava una maletassa que semblava buida, per la facilitat amb què la movia.

»"–Seguiu-me –ens manà en Dagobert, mentre els tres acompanyants, més aviat joves, entraven a l'andana, com si anessin pel seu compte, sols.

»En Dagobert mostrà al porter quatre bitllets

que portava preparats i nosaltres també vam entrar a l'andana. Hi havia una enorme claraboia al sostre, tot de trens que esperaven l'hora de sortida, gent amb maletes, paquets i criatures que ploraven, i un fum espès que precedia el xuf-xuf de les grans locomotores.

»"–Seguiu-me; no us encanteu! –repetia en Dagobert.

»Vam entrar amb empentes a una sala d'espera d'on tothom sortia i ens vam col·locar, drets, darrere dels vidres d'una finestra, davant de la via on arribava un tren esbufegant.

»"–Observeu bé tot el que passa –en Dagobert es va posar darrere nostre i ens anava indicant en veu baixa les coses en les quals havíem de fixar-nos. Un rètol pintat sobre els vidres de la porta de la sala on érem deia: 'Sala d'espera de primera classe'. La sala era deserta, tothom havia sortit a l'andana a esperar el tren que arribava.

»"–Els tres companys que actuaran avui per ensenyar-vos de què va la història són tres fures. Els veieu bé? –en Dagobert començava la lliçó.

»Nosaltres contemplàvem, una mica astorats, la munió de passatgers que sortien del tren acabat d'arribar. Enmig d'aquell formigueig amb prou feines podíem veure cap on caminaven els tres nanos que havien de fer la lliçó pràctica. En Dagobert va continuar:

»"–S'han situat en tres llocs diferents: l'un a prop de la sortida; l'altre, en un indret alt, en aquest cas ha pujat a la sala del rellotge des d'on domina tota la llargada del tren, i el tercer, amb la maleta, al peu mateix dels primers vagons. Es tracta d'escollir el príncep Alí d'aquest vespre. La gentada ha començat a baixar del tren abans i tot que la màquina deixés d'esbufegar. Els tres companys observen com es presenta avui el panorama. No hi ha la bòfia. No hi ha competència. Ambient normal, tirant a favorable. Els viatgers comencen a sortir a fora. Nosaltres, millor dit, ells tres han de triar un tipus despistat, solitari, si pot ser, i que porti diners, peles, francs o escuts, *fric* que en diem amb l'argot d'aquí.

»"—Com ho saben si porta diners o no? —va preguntar en Víctor.

»"—L'individu que porta més calés del compte, que a més no hi està avesat i té por de perdre'ls o que els hi prenguin, es delata ell mateix. Com que està nerviós, comprova cada dos per tres que encara té la cartera a la butxaca o a l'amagatall; vol assegurar-se'n. Per exemple: veieu aquell noi alt i prim com un gànguil, amb un rínxol sobre els ulls, de jersei vermell i caçadora blava, amb dues maletes lligades amb cordills? Fixeu-vos que cada deu o dotze passes fa un gest amb la maleta més petita, la inclina cap endins, com si volgués ensopegar la cama dreta amb el cantó de la maleta, alenteix el pas, posa en contacte lleuger la cama dreta amb el caire de la maleta petita, i després queda satisfet i camina més de pressa fins que un tros més enllà torna a fer el mateix gest, el mateix contacte, la mateixa comprovació. Juraria que porta els diners ficats a la vora del mitjó de la cama dreta, lligats o entaforats, i que els hi ha portat durant tot el viatge, hores i hores de tren, i ara té les cames adormides i no nota el bony i amb la maleta es desentumeix la cama i palpa els bitllets. D'això se'n diu 'marcar'. És el gest involuntari que fa el *primo* de palpar-se la cartera. Ah, veig que el company situat a la sala del rellotge fa signe que aquest vailet va sol i pot ser un bon príncep Alí! Fixeu-vos com l'altre company, el de la maleta, s'hi acosta, es posa al seu costat i fa com si també arribés amb el tren. Ara el que cal és fer parlar el colomí, que el pallús es descabdelli. I ja sabeu quina és la tècnica per fer parlar algú. Mentre els nostres amics passen el control de bitllets, nosaltres sortirem darrere d'ells, dissimuladament, i escoltareu el que dic sobre com estirar la llengua a algú, en aquest cas, el príncep Alí d'avui.

»Vam sortir de la sala d'espera, i ens vam posar a la cua de viatgers per passar el control. A fora els esperaven familiars, amics, taxis, autocars...

»El cel i les cases d'aquella hora baixa eren de color gris, de plom fosc. Els vidres bruts del sostre de l'estació i els fums dels trens, juntament amb el cansament que portaven a la cara i els gestos fatigats dels viatgers, feien més trista aquella vesprada.

»Uns metres davant nostre, en la mateixa corrua, el brivall de la maleta i el noi del jersei vermell parlaven animadament. Els altres dos galifardeus, el que s'havia quedat prop de la sortida per avisar si el camí era net i tranquil i el que havia pujat a la sala del rellotge per vigilar tota l'andana, també s'havien posat a la fila, fent el distret, uns metres més enrere de nosaltres, com si no ens haguéssim vist mai.

»En Dagobert no parava d'alliçonar-nos:

»"—Quan vulgueu que algú digui allò que sap, la primera cosa que heu d'aprendre és a no preguntar mai directament allò que us interessa, perquè si feu preguntes massa directes, la gent s'adona del que voleu saber i us contesta només el que us vol dir. El millor és demanar una altra cosa ben llunyana, i no dir res fins que l'altre es descabdelli. Deixar que el passarell us conti una història ben llarga, des del bon començament. D'aquesta manera ningú no pot saber què voleu conèixer i no es preocupa d'amagar res. Calleu molt, deixeu xerrar molt, escolteu molt. La millor manera de començar és, per exemple, en aquest cas que vivim: 'Uf, que cansat que estic d'aquest viatge! Em pensava que no s'acabaria mai...' I fer tots els possibles, amb el gest i el somriure, per inspirar la confiança, la simpatia i, si cal, la compassió del *primo.* I callar tanta estona com calgui. Fins que el silenci pesi i l'altre encara que només sigui per educació elemental, es vegi obligat a contestar: 'Sí..., realment ha estat un viatge fatigós...' I tu has de continuar: 'I com que és la primera vegada que el faig! Estic una mica espantat, ho confesso. És la primera vegada que surto de casa. És la primera vegada que sóc a París. I no conec res. No hi conec ningú. Però ja m'espavilaré.' El xaval no diu res. Passa una estona. Si el paio conegués París o hagués fet el viatge altres vegades i fos una persona experimentada, hauria aprofitat la pausa per fer-ho saber. Tots som una mica vanitosos i no deixem passar cap ocasió que se'ns presenta per tal d'exhibir les nostres habilitats i els nostres coneixements, sobretot davant d'algú que ens pot fer sentir superiors o importants. Si l'altre no diu res, és bon senyal, vol dir que és un colomí novell, una mica avergonyit de la seva poca volada. Al cap d'una estona més, el colominet s'atrevirà a confessar: 'Jo..., jo..., també és la primera vegada que sóc a París, que sóc fora de casa... I tinc uns cosins llunyans, immigrants, que viuen a Créteil..., als afores de la capital. Porto una carta d'ells on m'han dibuixat els metros que he de prendre per arribar-hi... És molt a prop de París, saps? De moment, viuré amb ells. M'han trobat un treball al mercat de les flors...' 'D'on ets, tu?' 'Jo? D'Alacant, d'un poblet de prop d'Alacant...'

»En Dagobert feia els gestos i estrafeia la cara com si es trobés de veritat en la situació que ens pintava. En dir "Alacant", va fer un moviment amb la mà, com si es tragués una mosca de la cara, que volia dir "tant se val Alacant com Sevilla, Terrassa o Santiago de Compostel·la". Els passatgers de la cua que avançava cap a la sortida, ens miraven de reüll i en els ulls astorats, cansats, vermells de son, es veia que no entenien res. En Dagobert continuava el seu teatre: "Què dius? Jo també sóc d'Alacant... (o d'allà on convingui)." La fórmula que s'acostuma a afegir, per evitar de caure en una trampa, és la següent: "...però gairebé no em recordo de res, perquè de petit la família se'n va anar a viure a València i més tard a Barcelona i a Saragossa. Érem uns rodamons: el treball del pare, muntador de telers, ens feia anar d'Herodes a Pilat... Però a Alacant i a molts poblets de la província conservo un munt d'amics i parents, oncles i, fins fa poc, els avis... Per tant, ens hem de veure un altre dia per descobrir París tots dos junts i per ajudar-nos en el que puguem. Estic content d'haver trobat un bon amic! I paisà, de retruc!... Encaixa, home; el meu nom és..." Un nom fals, és clar. I el babau es trobarà ja tou per donar el seu nom veritable: "Jo em dic Cèsar Noriega...", o el nom que sigui, ara no fa al cas. "M'ha agradat molt d'haver-te conegut. Quina casualitat! T'escriuré l'adreça dels meus cosins, a Créteil, per si vols que ens trobem un altre dia..." "I tant que sí! I jo et donaré l'adreça i el número de telèfon del lloc on viuré aquests primers dies, fins que en trobi un altre de millor! És un hotel de mala mort, recomanat per un company que va tornar allà baix, al poble... Escolta: et convido a un cafè i una mossegada, per celebrar la bona astrugància. Veus? Aquí mateix n'hi ha un. Així ens deixondirem una mica del llarg viatge. Tinc les cames totes balbes." "No sé si..." "Vinga! No em diguis que no, ara! Som o no som amics?" "És clar que sí. Entrem-hi."

»En Dagobert mimava amb la veu el diàleg imaginari dels dos nois que caminaven davant nostre, dirigint-se cap a un cafè obert a l'altre cantó del carrer. Semblava que els endevinés el pensament, i nosaltres tres estàvem convençuts, tal com anaven les coses, que la conversa que tenien el parell de xicots que seguíem, era més o menys la que el segon de bord de la banda dels Guiris ens transmetia. L'altre parell de galifardeus ens seguia, cada cop més a prop, i ara vaig adonar-me que el del rellotge portava un mocador, com un farcellet, a la mà, i que l'altre noi, el tercer, anava amb un vestit nou de trinca i tot ell feia un cert goig.

»Nosaltres vam entrar al cafè darrere dels primers i ens vam situar a una taula prop del taulell, des d'on podíem sentir les seves veus. En Dagobert continuava ensinistrant-nos, en veu més baixa, com si posés paraules als gestos dels nostres observats.

16 *Ara entra en acció un nou element*

»"–ARA ENTRA en acció un nou element –va anunciar en Dagobert.

»Efectivament, el bergant que moments abans havia pujat a la sala del rellotge s'acostava al parell de nous amics i els parlava tot mostrant-los alguna cosa que portava embolicada en un mocador de farcell.

»"–L'individu que interpreti aquest paper ha de saber plorar, somicar i fer el que calgui per inspirar molta llàstima. Ha de fer creure que és un bon noi, treballador i honrat, immigrant com són aquells a qui acudeix per demanar ajuda en el gran tràngol que passa. Dirà, més o menys, això: 'Em trobo en una situació tristíssima. M'acaben de trucar del poble que la mare està a punt de morir, molt greu. Si no agafo el tren que surt d'aquí a una hora no arribaré a veure-la viva. La meva família és molt pobra, no cal dir-ho, perquè si no fos així ja no hauria pujat cap a París a buscar treball. I l'he trobat. Un bon treball. No puc demanar res millor. Majordom del príncep Alí de Kuwait, un país que vessa de petroli. El príncep va i ve de París a Nova York i del Caire a Londres, com qui res. Tinc un bon sou, em guanyo bé la vida, sóc feliç... i, què em passa? Doncs que em truquen del poble ara fa una estona per dir-me que la mare se m'està morint. En un moment que el príncep és a Rabat amb tot el seu seguici i els bancs són tancats. Només he tingut diners per agafar un taxi. Però no vull demanar res, no vull que ningú se sacrifiqui per mi o em tingui llàstima. Només necessito uns quants diners per als viatges, metges, medicines i... Déu no ho vulgui!, per tot el que pugui passar. No puc pas presentar-me a casa amb les butxaques buides. No ho entendrien. Ho compreneu, oi? Qui sap què arribarien a pensar els de casa si em presento en una ocasió com aquesta sense ni cinc cèntims! Per això he agafat les joies que el príncep Alí té a casa, unes joies d'un valor incalculable. Les voleu veure? No pas per vendre-les, no hi hauria prou diner al món per comprar-les, sinó perquè serveixin de garantia a la persona que em deixi diners per a aquest viatge urgent. Si passés alguna cosa, el príncep Alí, del qual aquí tinc l'adreça, el telèfon, tot, respondria per mi. Només per recuperar aquest tresor pagaria el doble i el triple i mil vegades més del que necessito. I jo pagaré un interès d'un deu o un dotze per cent per la quantitat que em deixin...'

»Com si vingués de l'hort, el tercer brivall, el que s'havia situat prop de la sortida de l'estació, s'acostà a contemplar les joies. Aquest tercer vestia amb més elegància, feia un paper més galdós.

»"–Aquest ha de mostrar-se segur, ha de respirar tranquil·litat –ens explicava en Dagobert, tot seguint l'acció–, i ha de dir, per començar, alguna cosa com ara aquesta: 'Perdoneu que fiqui el nas allà on no em demanen, però sóc joier de professió i no em puc estar de dir-vos que exhibir d'aquesta manera unes joies que semblen valuoses, en un lloc com aquest, és perillós i imprudent. Sabeu que aquests bars prop d'estacions i metros són plens de lladregots i de gent de mal viure? Em deixeu examinar aquest robí? Quina meravella! Autèntic! Increïble! Què feu amb aquesta fortuna exposada en un taulell de taverna? Sou bojos o què?' I ara és el moment de tornar a explicar la història de la mare moribunda i les joies del príncep Alí. I el fals joier ha de dir que ell estarà encantat de poder tenir, encara que només sigui per pocs dies, unes pedres precioses i úniques com aquelles. I és el torn del fals amic de protestar que ell i el seu nou company (el colomí) han estat els primers a rebre l'oferta. I després d'una breu discussió, el fals joier ha de dir, traient-se la cartera de l'infern de l'americana: 'Bé. No en parlem més. Qui porti més diners que s'ho quedi. De totes maneres, i abans de veure quant porta ca-

DEPARTS

dascú, ja us dic que si es queda aquest tresor algú altre, jo, demà mateix, a la meva joieria, Cartier, a la plaça Vendôme, li pagaré el doble per poder-les posar uns dies a l'aparador, fins que el jove aquí present, que es troba en aquesta necessitat, torni del seu poble.' I el fals amic es treu també la cartera i mostra uns quants bitllets, i tots tres miren ara a Cèsar Noriega, que no diu res, que dubta, que mira les joies resplendents, que no vol fer el ridícul, que pensa que si ell es trobés en el tràngol del criat del príncep Alí li agradaria que l'ajudessin, que pot fer un bon negoci amb poc esforç, que una sort com aquella no es presenta dues vegades, que el nou amic, que és com ell, no dubta gens... I per fi es gira, dissimula, i es treu el paquet de diners que li han donat a casa i que porta lligats a la cama, dins el mitjó. 'Home, en portes més tu que tots dos plegats! Però, com a bons amics, si et sembla, farem una cosa, així ningú no hi perdrà, en aquest negoci. Jo hi posaré també els meus diners i així ens arriscarem tots dos igual. Què te'n sembla?' Aquest gest acaba de dissipar els dubtes del colomí. Fan el canvi. El fals criat es desfà en exclamacions de gratitud: 'Heu salvat la meva mare!' I el fals joier, rebla: 'Demà al matí, a les deu, us espero a la meva joieria, no ho oblideu. Cartier, plaça Vendôme. Tot París em coneix. Us pagaré el doble per tenir-les uns dies a l'aparador. I renuncio a l'interès del deu per cent, que serà vostre. El necessiteu més que jo. D'acord?' 'D'acord! Oi, Cèsar? Té, les joies les guardes tu. Encara no ens coneixem prou, però jo em fio completament de tu. Per això som amics, veritat?' 'Sí, sí..., és clar que sí.'

17 *En Cèsar va lliurar tot el que portava*

–I EN CÈSAR va lliurar tots els diners que portava? –vaig demanar jo.

–Tot. Va quedar-se només uns pocs cèntims per al metro fins a Créteil, a casa dels seus cosins –va dir en Dionís, abaixant el cap, com mig avergonyit.

–Però... Hi ha tot de coses que no entenc, encara.

–Demana, però afanya't, que els altres s'impacientaran si triguem massa a cridar-los. O si no deixa'm acabar d'explicar-t'ho tot i després demana el que vulguis.

I en Dionís va continuar:

–En Cèsar va quedar-se les joies, falses no cal dir-ho, i quan ens vam reunir aquell vespre amb els tres perdis i en Dagobert a l'Èvora per celebrar-ho i per donar el feix de bitllets al senyor Aristides, en Víctor, en Hassan i jo ja havíem decidit que, amb unes quantes lliçons més com aquella, aviat podríem establir-nos pel nostre compte i engegar el senyor Aristides i la seva colla de guiris al botavant.

»Érem al taulell de l'Èvora i el senyor Aristides, a la seva taula de sempre, aixecava una copa de pernod en honor nostre, com un brindis, un gest de benvinguda i d'acolliment a la confraria de truans que capitanejava, mentre ens clavava els ulls i continuava escoltant atentament les explicacions d'en Dagobert i els tres ganàpies.

»Al cap d'una estona de xerrameca secreta, se'ns va acostar en Dagobert i ens va dir:

»"–Demà passareu l'examen.

»Els tres gripaus també havien deixat sol el senyor Aristides, acabada la conxorxa, i sortien del bar satisfets, sense ni mirar-nos, amb un punt de superioritat.

»"–Què hem de fer? –preguntà en Hassan–. Penseu que jo estic avesat a pujar al ring a xafar nassos. I la feina d'avui...

»"–Què...? No t'ha agradat? –en Dagobert va fer una magarrufa.

»"–No gaire... Era com un joc d'enganyar criatures... Una feina poc..., no sé com dir-ho..., poc d'homes...

»"–Et sembla fàcil el treball d'avui? –va cridar en Dagobert arrufant les celles–. Prova-ho tot solet i veuràs quin pa hi donen. Quin un, aquest! Et sembla fàcil ara, que t'hem ensenyat la manera de treballar! No em vinguis amb romanços. El senyor Aristides vol gent que treballi amb el cap; ja n'estem tips, de goril·les amb força d'elefant i cervell de mosquit.

»"—No he volgut pas ofendre ningú —va replicar en Hassan com mig excusant-se—. He volgut dir, només, que podem fer feines més... fortes, amb més acció.

»En Dagobert va semblar satisfet amb l'explicació.

»"—Bé —continuà—, demà serà el bateig, el vostre primer treball en solitari per compte de la banda. A veure com us en sortiu.

»"—De què es tracta?

»"—Què s'ha de fer?

»"—On hem d'anar?

»"—Escolteu amb atenció: a les deu del vespre sereu al cafè de la cantonada de la plaça Joana d'Arc amb l'avinguda de Rivoli, davant del Museu del Louvre. Jo hi entraré cinc minuts després de vosaltres, però no us diré res, com si no ens coneguéssim. Prendré un got i tot seguit baixaré als serveis que es troben al soterrani. Un de vosaltres, només un, baixarà un parell de minuts després. Ens trobarem a baix, als lavabos, i jo li donaré una clau. Si a baix hi hagués algú més, esperarem que se'n vagi o bé deixaré la clau, dissimulada entre les pàgines de la llista de telèfons, exactament a la pàgina cent. El telèfon és en un racó, al costat de la porta de la comuna. Amb la clau al vostre poder, sortireu del cafè i anireu deu passes més amunt, al número vuitanta d'aquesta avinguda, i obrireu la porta d'una escala, al costat d'una botigueta petita, elegant, *chic*, moderna: és la joieria Lux, el nostre objectiu. Un cop a l'entrada de l'escala i amb la porta del carrer tancada rere vostre, buscareu la primera porta a la dreta, abans del primer graó, una porteta de color vermell sang, prima com una fulla d'escaiola, que no us costarà gens d'obrir o d'esbotzar. Hi ha mil maneres d'obrir o espanyar una porta, i demà al matí un topista de la nostra colla, el rebentapisos més hàbil, us proporcionarà les eines i els consells que necessiteu; el trobareu en aquest mateix taulell a l'hora del vermut i jo us el presentaré. També us explicarà com inutilitzar l'alarma, i aquell de vosaltres que tingui més manetes per a l'electricitat aprendrà a fer callar aquests aparells tan sorollosos i fastigosos.

»En Dagobert reprengué l'alè:

»"–És una joieria petita però farcida de rellotges d'or i braçalets de plata. Portareu un sacotell de tela fina que us càpiga a la butxaca quan hi entreu, i l'omplireu fins a vessar de manera que amb prou feines pugueu sortir de tan carregats que aneu. L'operació no ha de durar més de quinze minuts. Jo us esperaré al davant mateix del portal de la botiga amb el cotxe a punt de guillar. Amb una correguda serem aquí altre cop i haureu demostrat al senyor Aristides i a la colla que sou de l'ofici, que podeu fer una bona carrera i que no us arronseu per res. Que sou uns homes de cap a peus, vaja!

»En Dagobert alçà una copa de pernod que hi havia al taulell i pertanyia a algun sòmines dels que jugaven a la màquina de matar marcians, i, sense dir res, ens va mirar a tots tres significativament, com si el glop anés per nosaltres, i s'empassà d'un sol cop el licor verd. Abans de fúmer el camp va dir:

»"–Sort! Aneu a dormir d'hora que demà teniu feina. He donat ordres que d'aquí a deu minuts us llencin al carrer.

»En quedar sols vam tornar a les nostres reflexions. El senyor Aristides, a la seva taula, es preparava per marxar. S'alçà tot d'una, amb la cartera de pell de cocodril a la mà i, amb el lloctinent vell al darrere, travessà tot el local fins a la porta, seguit dels ulls i del silenci respectuós de toda la clientela. Va aturar-se un instant al llindar, féu un gest amb els dits tocant-se l'ala del barret sense mirar ningú i va sortir al carrer on començà a caminar avinguda de Wagram avall fins a convertir-se en un grumoll negre més en la negror de la nit. Un cotxe lluent, amb xofer negre, va passar lentament davant dels vidres de la terrassa del bar, com si el seguís a poc a poc, un pèl darrere seu. El lloctiment vell tornà a entrar al cafè, tranquil.

»"–M'agradaria de recordar l'adreça del noi enganyat. Es deia Cèsar Noriega i vivia a Créteil... –parlàvem entre nosaltres.

»"–Jo recordo el carrer i el número de tant com l'ha repetit en tornar aquell pinxo de la maleta buida, que li ha fet creure que era amic seu.

»"—Per què voleu recordar-lo? Deixeu-lo tranquil! Ja s'ho trobarà.

»"—El príncep Alí li deien! Quina befa! Dir el príncep Alí és com dir el colomí o el sabatasses...

»"—I si vol acudir a la policia per denunciar els estafadors?

»"—Encara no sap que l'han enganyat com un be. A hores d'ara deu dormir, somiant el gran negoci que acaba de fer i el bon amic que ha trobat.

»"—Demà quan es presenti a la joieria Cartier, a la plaça Vendôme, se'l trauran del damunt i el prendran per boig. Imagineu, la plaça més elegant de París i la joieria de més renom!

»"—Jo torno a preguntar: i si acudeix a la policia?

»"—No pot acudir a la policia, per poc que pensi. És molt llest el senyor Aristides. Què denunciarà a la policia, el pobre noi? Que ha fet un mal negoci. Mala sort!, li diran; és com el que compra una poma podrida, què pot fer-hi la policia? Penseu que en el cas improbable que pesquessin els tres estafadors i els acaressin, el noi i ells, serien tres testimonis contra un. Què podria demostrar, el colominet? Tots tres dirien que li han venut unes joies de bijuteria.

»"—No pensa malament, no, aquesta gentussa!

»"—Doncs aquesta gentota és la que acaba de celebrar la nostra entrada a l'organització i ja no ens la traurem del damunt si no ens en sortim aviat.

»"—Aviat? Si tot just acabem d'entrar-hi i encara no hem après ni la primera lliçó.

»"—La primera lliçó de veritat serà demà...

»En aquell moment, un enrenou estrany entre la clientela que quedava a l'Èvora ens va fer adonar que passava alguna cosa anormal. Quan vam sentir els udols de les sirenes de la policia, el bar ja era voltat de cotxes blaus amb llums vermells al sostre i els primers gendarmes entraven al bar.

»L'Edgar, el cambrer, intentà apaivagar la parròquia:

»"—Calma! No passa res! És una visita normal d'inspecció. Tranquils! Prepareu els papers, per si les mosques, i no us esvereu. Sobretot, cap esverament. D'aquí no s'han emportat mai ningú.

»Però nosaltres no en teníem, de papers. Érem uns indocumentats. Uns estrangers il·legals. Al marge de la llei.

»"—És estrany que no hagin avisat abans —va fer un dels mossos del bar, calb i menut, que no s'apartava mai de la caixa i semblava l'amo—. Alguna cosa no deu rutllar com cal.

»En Hassan i en Víctor em van mirar amb ulls espantats. Ens vam entendre de seguida, sense dir ni mitja paraula. Tots tres vam saltar com esperitats escales avall, per la porta del costat del taulell, que portava cap a la sala de billar del soterrani i cap als telèfons, els serveis i el despatx.

»Però el soterrani no tenia sortida. Era com un atzucac, una trampa. L'única sortida que donava al carrer era un forat minúscul, una mena de respirall, al sostre de la comuna, per airejar el local. La sala de billar, deserta, mantenia dos llums encesos de pàmpols verds, sobre la verdor dels draps de les taules, i aquesta llum verdosa donava al local, de parets atapeïdes de tacs i marcadors i trofeus, sense cap finestra, un aire fred i misteriós, com una clínica. Al costat del telèfon i de la porta de la comuna hi havia una altra porta on deia "Privat". No en vam fer gens de cas. En Víctor la va empènyer i ens vam trobar en un despatx petit, fosc i sense sortida, amb una taula plena de papers, dues cadires, un sofà atrotinat, i un armari de ferro que tant podia servir per penjar-hi els vestits de carrer com per guardar-hi els calés. Tot era ple de caixes d'ampolles de begudes refrescants, cerveses, vi, coles, i tota mena de sucs. Les caixes, amb milers d'ampolles plenes o buides ocupaven una part de l'escala, el passadís estret, la comuna, el despatx i, fins i tot, la sala de billar.

En Víctor ens indicà amb la mà que l'ajudéssim a agafar caixes buides de les que hi havia pertot arreu i les poséssim, com feia ell, formant una pantalla o paravent, en un racó del despatx, al costat de l'armari. De seguida vam comprendre, en Hassan i jo, que no hi havia més amagatall que aixecar una mena de mur amb les caixes d'ampolles. En un moment vam tenir el refugi, parapet o entaforall muntat. Des del darrere del munt de caixes, ajupits, amb el cul enganxat al racó i amb dues o tres caixes buides primparades damunt del cap, fent de tapadora, vam respirar més tranquils.

»La tranquil·litat va durar pocs segons. Des d'aquell refugi de vidres i forats ens va arribar la fressa d'unes passes que baixaven les escales i la conversa de dues veus, una de les quals coneixíem prou bé: era la del lloctinent vell del senyor Aristides. El lloctinent s'acostava acompanyat d'un gendarme gras i lluent com un teixó, que parlava amb autoritat, com si es tractés d'un policia d'una certa importància.

»"–Aquí estarem tranquils –digué el guiri, tot entrant al despatx on ens havíem amagat.

»"–Més que res era per saber si tot estarà a punt per a l'operació de demà a la nit– va fer el gendarme tot seient ben eixancarrat, com si fos l'emperador dels policies o l'amo del local.

»Nosaltres tres ens aguantàvem la respiració i estàvem arronsats com cucs en forma d'espiral. Amb les orelles ben dretes, això sí.

»"–Serà a la joieria Lux, de l'avinguda Rívoli, davant del museu del Louvre, tal com va comunicar-vos en Dagobert...

»"–Molt bé –el tallà el gendarme, expeditiu–. Hi serem. I ens emportarem els rebentabotigues o els qui hi trobem.

»"–Només hi trobareu negres, moros i gent de mal viure...

»"–Sí, ja sabem per pròpia experiència que aquesta mena de gent només porta problemes.

»"–No me'n parleu! Recordeu que nosaltres som fidels col·laboradors de les autoritats, quan cal. El nostre lema, vull dir el lema del senyor Aristides, és: sempre a favor de l'autoritat, sempre a favor de la legalitat. I els primers interessats a netejar la ciutat i el país de *morenos* i de *jais* som nosaltres. Si fossin guiris amb els papers en regla, encara, perquè hi ha estrangers que són com els francesos de tota la vida, de soca-rel.

»"–Jo vaig néixer a Itàlia –rigué el gendarme–, però el meu pare, un paleta sicilià, de molt petit em va portar amb ell quan va pujar cap al nord a guanyar-se les garrofes, i sóc francès de tota la vida.

»"–Per això compreneu tan bé els guiris. Però hi ha banaus, us ho ben asseguro, que no mereixen trepitjar aquesta terra ni un minut més. Són lladres, indocumentats, ganduls, sense ofici ni benefici, sense família ni teulada, la púrria, la vergonya dels estrangers honrats. Nosaltres comprem, venem, mirem, canviem, observem, trafiquem... sempre a l'ombra de la justícia, tot per engrandir i enriquir el país. I quan ens assabentem d'algun cas dolent, com el d'aquests malgirbats que volen assaltar la joieria del vostre amic...

»El policia es va posar dret tot dient:

»"—Sí, ja ho sé, home, ja ho sé i ho agraeixo. Feu-ho sempre així...

»"—És el que fem, capità.

»"—Cada mes un parell o tres d'avisos com aquest i serem amics.

»"—No patiu.

»"—I vosaltres, aneu amb compte a no fer cap atzagaiada!

»"—Què dieu! Recordeu el nostre lema: 'sempre a favor de l'autoritat...'

»Les veus i els sorolls es van perdre escales amunt. Aleshores ens vam aixecar tots tres, amb les cames entumides, galtavermells d'emoció i de calor, i amb el cor a tota pastilla. En Víctor va exclamar amb ràbia:

»"—Són uns malparits!

»"—Ja em feia estrany a mi que els Guiris ens obrissin els braços amb tanta facilitat! Guiris de merda! No haurien d'haver conegut mai la seva mare!

»"—Tot era per portar-nos amb safata, com uns conillets ben rostits, a la bòfia! Ara ho entenc: els guiris són els *xivatos* de la poli, per això tenen les mans lliures per fer una mica el que vulguin mentre no moguin massa fressa o no facin cap atzagaiada. Brètols!

»"—Més que brètols! A nosaltres, per quedar bé amb la pasma, ens han muntat un número i tot. No devien tenir res a xerrar als *flics*, aquesta vegada.

»"—O volen tenir-los contents i distrets mentre preparen un cop important.

»"–M'hi jugaria el cap que tota la demostració de les joies del príncep Alí no ha estat res més que una comèdia! I tu que et compadies del pobre noi enredat! Segur que l'han pagat per representar el paper de noiet de poble que arriba atabalat a la gran ciutat.

»"–Què fem?

»"–Què vols dir què fem?

»"–Guillar com llamps, fem.

»"–Sense fer-li un cap nou al vell sargantana de femer?

»"–No ens emboliquem més. Cames ajudeunos i a jugar a l'acuit i amagar!

»"–Amagar-nos? On?

»"–No discutiu més o hi passarem la nit, aquí! Vinga, a fora!

»Vam pujar les escales a poc a poc i en silenci, fins a treure el nas per la porta del costat del taulell, on l'homenet de la caixa, assegut a la cadireta alta, d'esquena a nosaltres, comptava els francs apilotats per categories al costat de la màquina enregistradora. Vam guipar qui quedava pels voltants mentre ens aguantàvem l'alè. Gairebé ja no quedaven clients; la visita de les porres els havia posat agulles a les cadires. Només quedaven les escorrialles de la nit, el vell llocticent tinyós i els dos o tres guiris troneres de sempre que li reien les gràcies prop de la porta, a punt de sortir, encara amb el got a la mà.

»El cambrer bretó, l'Edgar, sortint de la cuina ens atrapà en plena acció d'observació i va cridar:

»"–Què hi feu vosaltres aquí, encara? Tothom es pensava que ja havíeu marxat feia estona. On us heu ficat? Heu vist la policia?

»Tothom va girar-se a veure què dimonis passava. I en aquell moment, en Víctor va arrencar a córrer cap a la porta del carrer, i nosaltres dos anàvem darrere seu que les cames ens tocaven el cul.

»En passar pel costat del grupet del vell espieta, en Víctor, en un moviment instintiu, violent i rapidíssim, li etzibà una guitza a les cames que el deixà amb les canyes trencades, doblegat per terra.

»"–Traïdors! –cridà en Víctor mentre passava la porta–. Sou pitjor que les rates de claveguera! I tu ets la rata més vella i malgirbada! Si mai t'arreplego tot sol, et desfaré com un ninot de palla!

»En Hassan repetia, com un eco:

»"–Ninot d'escombraries! Ninot del senyor Aristides! Que la mort t'acompanyi!

»I jo vaig tenir temps per agafar un sifó del taulell de marbre i tirar-li pel cap, sense que la corredissa em permetés de veure amb quines conseqüències.

»Un cop al carrer, tots tres sense dir-nos res, cames ajudeu-nos, vam arrencar a córrer avinguda avall, fins a perdre'ns en els carrerons foscos.

»"–La venjança del senyor Aristides ens perseguirà per tot París –sentencià en Hassan.

»"–I no podrem acostar-nos mai més a l'Èvora sense que ens perilli la vida.

»"–Això m'agradarà de veure-ho! Em sembla que qui s'ha de venjar hem de ser nosaltres i no ells! Només faltaria! Ens enganyen com si fóssim nens, a punt de fer-nos caure a les mans de la bòfia, sense guanyar-hi ni cinc de calaix, i al damunt em sortiu amb pors? A mi no em fan cap por aquests bocamolls, porcs de mena! Els aixafarem com uns mosquits. La nostra venjança serà terrible.

»"–Què vols fer?

»"–Tens algun pla especial?

»"–Escolteu –jo ho veia molt clar–: demà al matí, a primera hora, anirem a Créteil, a trobar el noi de l'estació, en Cèsar. Jo recordo l'adreça que ha donat al guiri que li feia d'amic.

»"–Però... per què hem d'embolicar-nos altre cop amb aquell colomí? Deixem-lo tranquil, que no ens portés més complicacions –protestava en Hassan.

»"–Segur que l'adreça és falsa. No dèieu ara fa un moment que us jugaríeu el cap que tota la història de les joies del príncep Alí era una comèdia, començant pel noiet que primer us feia llàstima?

»"–Era una suposició. Però no n'estem segurs... I ara ens convindria que fos innocent. De fet, no l'hem vist mai entre la purrialla que hi ha a l'Èvora.

»"–Si el xicot és un guiri, o pagat per ells, no ens farà cap servei parlar amb ell, això, repeteixo, suposant que l'adreça sigui certa. I si el noiet és un innocent, encara pitjor, perquè es pensarà que som de la colla que l'ha enredat i ens carregarem el mort nosaltres. Gat escaldat, diuen, amb aigua tèbia en té prou.

»Ara caminàvem normalment, cansats, per un dels carrers que baixaven cap a les Tulleries. Jo vaig aturar-me en un portal per convèncer-los de la meva idea.

»"—Al revés —vaig dir—. Si en Cèsar no és un guiri i parlem amb ell abans que vagi a fer el ridícul a la joieria Cartier de la plaça Vendôme, evitarem més problemes. Penseu que si hi arriba a anar, els joiers i en Cèsar avisaran la policia, i tots podem sortir-ne escaldats perquè a l'estació d'Austerlitz nosaltres també hi érem i no vam dir ni fer ben res per evitar l'estafa. A més, hem de parlar amb el xicot enganyat abans que hi parlin els guiris, per tenir-lo al nostre costat: penseu que és l'únic testimoni que tenim contra ells, és l'única prova vivent que podem llançar contra ells, si ens ataquen; és la nostra única arma davant de la policia; és la nostra venjança.

»"—Això suposant que el puguem convèncer que es posi de la nostra banda.

»"—Si el convencem, ja serem quatre!

»"—Què vols dir?

»"—El que he dit: no dèieu abans que per funcionar bé una colla necessita quatre elements? Doncs, ja serem dos i dos.

»"–Exacte!

»Vam tornar a reprendre el camí, i jo vaig dir:

»"–El millor serà que avui no torneu a casa. A vosaltres us coneixen massa els topants. Podríeu venir a dormir al magatzem del senyor Ludovic, on jo feinejo, si no us fan por els morts. Així ens ajudarem si surt algun perill. I evitarem topades, anant-hi plegats, amb els esbirros que el senyor Aristides llançarà per París, un exèrcit de rates a fi de venjar-se de la nostra defecció. És possible que algú conegui els caus on dormíeu abans. El magatzem del senyor Ludovic serà, des d'avui, el nostre refugi.

»El senyor Ludovic ja dormia quan vam entrar a la casa, i això ens evità explicacions fins més endavant. I l'endemà ens vam alçar a trenc d'alba per anar a Créteil, abans que el senyor Ludovic es despertés.

18 *Ens va costar una mica de trobar en Cèsar*

»ENS VA COSTAR una mica de trobar en Cèsar perquè l'adreça que havia donat era la d'uns cosins llunyans, però ell no vivia amb aquests parents. Els cosins, un cop trencat el gel, quan van veure que érem immigrants com ells, van dir-nos clar i net que sense conèixer-nos bé i sense saber per quin motiu buscàvem el seu cosí (nosaltres havíem dit que el motiu era reservat i només el podíem comunicar a l'interessat personalment) no ens podien dir on vivia. En tot cas, el que podien fer per ajudar-nos, era telefonar-li i si ell els autoritzava a donar-nos-en l'adreça, ja seria una altra cosa. Tal dit, tal fet, i abans que poguéssim reaccionar, ja tenim el cosí proper al telèfon parlant amb el cosí llunyà. En sentir que uns amics volien veure'l, es veu que va contestar que en un parell de minuts seria amb nosaltres, que ja ens esperava, i va penjar l'aparell sense que el cosí que teníem a mà pogués passar-nos l'auricular per parlar-hi.

»Mentre l'esperàvem, el nostre esverament augmentava, no solament per l'anunci fet que esperava la nostra visita, sinó també perquè els cosins llunyans van començar a prendre confiança i va resultar que el noi ja feia més d'un any que vivia a París, que no s'havia mogut de la ciutat des que va arribar-hi per treballar de rentaplats a la cuina d'un bon hotel, que de bon primer sí que havia viscut amb ells perquè no tenia enlloc més on anar però que ara vivia en un piset d'un HLM prop de Créteil, a Saint-Maur, als afores de París, que un matrimoni vell al qual ajudava i feia companyia en canvi d'algun calerot li deixava el pis, que darrerament s'havia quedat sense feina perquè uns magnats àrabs havien comprat l'hotel i l'havien tancat una temporada per fer-hi reformes, que no es deia Cèsar Noriega sinó...

—Què és un HLM? —vaig interrompre'l jo.

—Són les inicials de tres paraules franceses que volen dir habitatge de lloguer moderat, i és un barri d'una corrua d'edificis de pisos tots iguals, d'aquests que arriben a produir mareig, monotonia, tristor i fàstic. És el mateix, potser amb una mica més de gust, que allò que al teu país en diuen «cases barates» o «habitatges socials» i que han sorgit com bolets als afores de les grans ciutats, com cementiris de pisos, com caixes de ciment.

Veient que jo no deia res més, en Dionís va continuar:

»Quan ja estàvem a punt de tocar el dos pensant-nos que ens havíem equivocat, que aquell noi no era el colomí que buscàvem, que l'adreça havia estat una altra aixecada de camisa dels guiris..., s'obre la porta i compareix el noi de l'estació d'Austerlitz, el mateix gànguil sec i nerviós com un camàlic, amb la mateixa cara de tanoca, i se'ns queda mirant tot sorprès amb la boca oberta, com si fóssim uns missatgers de l'infern.

»Per sort, en Hassan va reaccionar de seguida i posant-se al seu costat va proposar d'anar-nosen tots quatre al bar de sota a xerrar una mica. Però el noi devia tenir por d'alguna cosa perquè va dir que no, que passéssim a una cambra que hi havia al costat del menjador on érem i diguéssim ben ràpidament el que volíem perquè esperava l'arribada d'uns *altres* amics.

»"–Els guiris? –va dir en Víctor, una mica agressiu.

»De fet, tots tres teníem la impressió d'havernos ficat a la boca del llop, però jo pensava que si tot havia estat una comèdia, i era evident que si en Cèsar (per a nosaltres ja seria sempre més en Cèsar malgrat que el seu nom era un altre) ja feia més d'un any que era a París, tots els fets de l'estació d'Austerlitz eren una solemne enganyifa, com era que malgrat tot, gràcies a l'adreça, havíem pogut trobar-lo? El cor em deia que en aquell noi hi havia alguna cosa de veritat, encara que no fos més que pel detall autèntic de l'adreça dels cosins llunyans.

»"—Sou de la policia, vosaltres? O treballeu d'espies per a ells? —li va respondre en Cèsar, mirant-nos cada cop amb més desconfiança.

»"—No som de la bòfia, no hi tenim res a veure. Però, com és que si treballes amb els guiris vas donar l'adreça d'aquesta casa l'altre dia a Austerlitz, exposant-te que ens tornéssim a veure la cara? —vaig raonar jo.

»En Cèsar es va quedar una mica aturat en sentir això. Es veu que no se li havia acudit.

»"—Els guiris saben aquesta adreça perquè jo els la vaig donar. I el número de telèfon. Els esperava aquest matí. Quan m'han dit que uns amics demanaven per mi, em pensava que eren ells. Sobretot perquè van quedar que el nom de guerra de Cèsar Noriega només l'utilitzaríem entre nosaltres. Bé..., els cosins el saben per si de cas ells em truquen. I l'adreça se li devia escapar a en Dagobert perquè devia ser la primera que li va venir al cap...

»Ens va costar fer-li entendre que no li volíem cap mal, al contrari, i que si parlàvem sense embuts ens entendríem aviat. I va resultar que un amic del barri, que havia arribat a París molts anys abans que ell, i que sempre tirava de veta sense ajupir mai l'esquena, li va proposar una "feina" senzilla: anar un matí fins a Orleans i tornar al vespre en el tren que ve de Portugal i Espanya i s'atura un moment en aquesta ciutat abans d'arribar a Austerlitz. Pel trajecte li va explicar fil per randa tot el que havia de fer en arribar a l'estació i li va proporcionar maletes i diners i tots els materials de la representació. Es tractava, li va dir, d'escarmentar uns pillets que jugaven a lladres de camí ral, d'una mena de broma sense cap perill ni perjudici per a ningú, una manera senzilla d'esquivar les mosques de la competència. Agafaven aquests aprenentets i feien veure que els ensenyaven com havien de treure la llana del clatell als pallussos amb diners, i quan ho provessin pel seu compte quedarien amb un pam de nas i alguna puntada de peu al cul i tot, potser. I no tornarien mai més a ficar-se on no els demanaven, perquè l'estació era terreny dels guiris i ningú no hi podia treballar sense el seu permís i sense pagar peatge. Li havien promès una bona calerada per fer la funció, però com que no la hi podien pas donar a l'estació perquè se'ls veuria el llautó, van assegurar-li que li portarien el feix a casa l'endemà mateix, és a dir, avui.

»"—Doncs em sembla que ja els has vist prou —va sentenciar en Víctor.

»"—Escolta —vaig tornar jo, i li vaig explicar tan bé com vaig saber el que ens havia passat a nosaltres. A mesura que li anava explicant el que feia al cas, en Cèsar canviava de color i enfonsava les espatlles.

»"–Això vol dir...

»"–Això vol dir que t'has quedat sense un ral i amb la cua entre les cames.

»"–Però nosaltres no ens volem rendir. Nosaltres volem ensenyar una mica d'urbanitat al senyor Aristides i als seus trafiques –va animar l'ambient més aviat trist, en Hassan.

»"–Com...? –en Cèsar no s'hi veia de cap ull.

»"–Enredant els enredaires.

»"–Com?

»"–Pensem-hi entre tots i ja trobarem la manera d'arribar a l'armilla del senyor Aristides i la seva quadrilla. De totes passades, fem el que fem, segur que després del moc d'ahir a la nit, els guiris han jurat venjar-se de nosaltres. Tant se val, doncs, que els la fem ben grossa, així potser ens agafaran por, ens deixaran tranquils i recuperarem alguna cosa del que deuen a aquest... nou amic, aquí present –en Hassan s'explicava com un llibre.

»"–Fem la prova –vaig proposar jo–. Deixa passar uns quants dies i veuràs que no et porten cap bitllet ni per ensumar-lo. I si topes el guiri conegut del barri, se't traurà del damunt amb excuses i encara gràcies si no t'amenaça d'enviar-te la policia a casa que et faci un escorcoll per haver-te quedat amb les joies de quincalla del príncep Alí.

»En Cèsar va quedar molt impressionat per les nostres revelacions i, al cap d'uns dies i en veure que ningú no li deia ni ase ni bèstia, es va unir a la nostra colla per ajudar-nos a tramar la venjança contra els guiris.

»No vam trigar gaire a comprovar que, efectivament, tal com temíem, el senyor Aristides havia jurat fer-se un abric amb la nostra pell de porcs traïdors, segons ell. Un matí, l'única hora que ens atrevíem a treure la punta del nas pels voltants de l'Arc de Triomf, prop del bar Èvora perquè sabíem que fins a l'hora de l'aperitiu els truans dormen, vam trobar a l'avinguda el cambrer bretó, l'Edgar.

»"–Ja podeu fugir ben lluny! –ens va aconsellar–. Tothom es pensa que heu tornat al vostre país per por de les represàlies. Si tinguéssiu papers i la bòfia us hagués conegut, ja seríeu a la garjola. Sort n'heu tingut! Ja cal que fugiu lluny de París. Si us quedeu a la ciutat, tard o d'hora us atraparan. Encara que caveu un amagatall a les clavegueres. Qui és aquest altre noi?

»Es referia a en Cèsar, que des d'aquella visita a Créteil, venia sempre amb nosaltres amb l'esperança de trobar l'amic que l'havia enredat i els diners promesos.

»"–És el príncep Alí –va dir en Víctor, seriós, referint-se a la denominació que donaven els brivalls al colomí que enredaven.

»L'Edgar va obrir uns ulls com unes taronjes en sentir aquest nom. Ens va mirar a tots tres com si ens veiés per primera vegada, i en Cèsar, que veia per primer cop, com si fos un extraterrestre.

»A nosaltres ens va fer estrany l'actitud de l'Edgar, però aplicant-hi l'única lliçó apresa per boca del lloctinent Dagobert, vam deixar que el silenci empenyés el bretó a dir alguna cosa més, per sortir de dubtes.

»"–Voleu dir... el príncep Alí, de veritat? El veritable príncep Alí?

»De seguida vam esmolar les orelles, alerta, i en Víctor va fer un pas endavant, per indicar que agafava la batuta, que li deixéssim menar el joc. De seguida, també, jo em vaig posar al costat d'en Cèsar per protegir-lo, mentre en Hassan li feia un gest indicant que no digués res, mut.

»"–Em pensava que era més jove, i no tan alt –es descabdellava l'Edgar–. En la fotografia que va sortir ahir als diaris semblava més jove. –I mirant-nos altre cop amb cara d'espantat, afegí–: Ui! Ara sí que ho entenc tot! Ui! Ara sí que veig que el senyor Aristides tenia raó quan deia que sou els tres males pells més tinyosos i pollosos de tot el lladregam del món! Que en portàveu una de cap i volíeu fundar una colla pel vostre compte. Ui, ara sí que quan s'assabentin que els hi heu rebentat l'afer del príncep Alí pujaran a les teulades i baixaran a les clavegueres fins que us trobin! Alçaran totes les teules i totes les llambordes sense deixar-ne ni una! Ara ho entenc tot! Vau acostar-vos a la colla i vau fer veure que hi volíeu entrar solament per conèixer el secret del segrest del príncep Alí!

»L'Edgar ens mirava amb respecte, fins i tot amb admiració. No se'n sabia avenir. I com que nosaltres no dèiem fava, ell va continuar:

»"–Que babaus, en Dagobert i els altres tres, de deixar-vos ensumar el treball més important que preparaven per a aquesta temporada! Mereixen que el senyor Aristides els desqualifiqui... Oh, i com sortiu al carrer tranquil·lament amb ell! On aneu...?

»En Víctor va agafar-lo per la solapa del gec amb les seves manasses de boxejador i li va dir, baix:

»"–A callar! Muts i a la gàbia! Si dius res del que has vist a qui sigui, et xafarem el nassarró i tota la decoració del darrere, i no podràs ensumar mai més cap bon cafè! I perquè vegis que som bons companys, et direm que tens raó, que el príncep Alí és més jove, i aquest... 'individu' que ve amb nosaltres no és més que un dels còmplices de la comitiva... I ja he parlat prou i massa. Com pots veure, no anem sols pel món. Tenim bons padrins. És a dir que no ens fan por les fanfarronades del senyor Aristides ni de cent guiris com ell.

»No cal dir que, així que l'Edgar desaparegué mig espantat carrer amunt, ens vam precipitar al quiosc més proper a demanar tots els diaris del dia abans. Ens va costar de trobar-ne perquè cada matí, ens explicaven els venedors, en rebre els pilots de diaris del dia, aprofiten per retornar els sobrants del dia anterior. Quan per sort

RUE
ROSSINI

vam aconseguir un exemplar d'un diari, hi vam clavar els ulls amb deler.

»A la primera plana, enmig de dues altres fotografies, apareixia el retrat d'un noi més o menys de la teva edat..., més o menys com tu.

19 *Com jo?*

–COM JO?

–Sí... –va fer en Dionís, traient-se un retall de diari de la butxaca.

–Com jo? –vaig repetir.

–Bé..., el que passa és que quan anaves disfressat d'àrab, a la festa, amb la cara mig tapada i la pell pintada, t'assemblaves al retrat aparegut als diaris, on es veia, de la manera difícil i fosca amb què es veuen reproduïdes les fotografies a les planes dels diaris, la cara d'un noi de la teva edat, amb la cara mig tapada... El *Figaro* publicava la fotografia amb el peu que et llegeixo: *Va arribar ahir a París el príncep Alí, germà petit del rei Ahmed, un dels monarques més poderosos dels emirats del golf Pèrsic, productor d'una bona part del petroli que consumim els països occidentals. El príncep Alí, que arribà en l'avió del seu germà acompanyat d'una comitiva d'amics i servidors, visitarà diverses ca-*

pitals europees. La seva estada a París, de dues setmanes, tindrà el seu moment social més marcat i públic en la festa que se celebrarà el proper dissabte al Palau Chaillot amb motiu de la inauguració de la «Conferència Internacional dels Problemes Migratoris», a la qual assistiran totes les representacions diplomàtiques acreditades a la capital i a la qual s'ha convidat molt especialment els fills de diplomàtics, periodistes, professors i assistents a la conferència en atenció, precisament, a la presència del príncep Alí, que així hi trobarà un ambient adient a la seva joventut. El rei Ahmed, que ja és a París de fa un parell de dies, ha volgut que el seu germà Alí col·laborés en aquesta festa de la joventut com una primera presa de contacte del jove príncep amb el món internacional i els seus problemes.

»"–Per les paraules que havia deixat anar l'Edgar –continuà explicant en Dionís– vam deduir que la banda dels Guiris preparava el segrest del príncep Alí. El príncep que portava el nom de l'estafa amb la qual enredaven cada dia uns quants incauts que arribaven a l'estació d'Austerlitz. O potser el nom no era tan casual com això i el senyor Aristides preparava alguna altra cosa darrere de les petites estafes als immigrants i les joies de pacotilla?

»La idea va sortir de la boca d'en Víctor, però tots més o menys la portàvem al magí.

»"–Ens avançarem al senyor Aristides i els

seus esbirros i segrestarem el príncep Alí nosaltres els primers.

»"—El bocamoll de l'Edgar segur que ho deu haver xerrat tot als desvagats de l'Èvora —va dir en Hassan—. Segur que a hores d'ara tots els guiris es fan creus que tres larel·lis com nosaltres hàgim tingut prou patracols per agafar el príncep Alí.

»"—Millor si ho ha fet. Primer, perquè si creuen que ja el tenim al nostre poder, els guiris no faran res esperant dos o tres dies per veure la notícia confirmada als diaris. I segon, perquè així ens deixaran tranquils en pensar que és cert que tenim bons padrins i som tan ferotges que no ens fa por res.

»Vam muntar immediatament un pla d'acció. La primera cosa fou destacar algú al Palau Chaillot per conèixer-ne els topants. Desgraciadament, el Palau era tancat aquells dies, així doncs vam haver d'acontentar-nos a assistir a una funció del Teatre Nacional Popular, que és al mateix edifici i des d'allí planejar on passaríem la caixa que serviria per amagar el príncep...

—Vols dir una caixa de morts? —vaig preguntar jo, tement el pitjor—. Vols dir que m'heu ficat en un fastigós bagul de morts per traginar-me per París, amunt i avall?

—Exactament. A la porta de sortida dels artistes del Teatre Nacional Popular, a la part del darrere del Palau Chaillot, hi hem situat la carrossa funerària amb el senyor Ludovic al pescant, i una caixa on anaves tu, adormit, diguem-ne, o cloroformitzat, si ho prefereixes. Si algú ens hagués dit alguna cosa mentre esperàvem pescarte, hauríem contestat que tot plegat ens ho havien demanat per a una obra de teatre. Hem entrat al teatre forçant la porta de la sortida dels artistes. Ja t'he explicat que uns dies abans havíem assistit a una representació per trobar tots els topants. I també vam saber que, el dissabte de la festa, el vigilant del teatre passaria al Palau Chaillot, més amunt, per ajudar a l'entrada. Pels carrers de París, cap problema. Res de més habitual que un cotxe fúnebre s'aturi al davant de la funerària del senyor Ludovic, El Somni Etern, i que hi entrin o en treguin un bagul.

—És a dir que aquesta sala on ens trobem ara és la del magatzem o la funerària del senyor Ludovic? I aquestes lliteres són el vostre cau? Quin paper hi té el senyor Ludovic, en tota aquesta història? Perquè, pel que has deixat anar, sembla que la seva ajuda ha estat important.

—Molt important i interessada des del primer moment.

—Interessada?

—Sí. De seguida va accedir que en Víctor i en Hassan dormissin al magatzem on ens trobem —i en Dionís va somriure en dir aquestes paraules, per subratllar que es refiava de mi i per això em confiava el detall d'on ens trobàvem—. I una mica més tard, quan en Cèsar es va incorporar a la colla, no hi trobà res a dir. I quan li vam demanar ajut per segrestar el príncep Alí, ens el proporcionà de bona gana perquè va dir que si tot sortia bé, ell hi guanyaria més que tots.

—El senyor Ludovic? Què hi hauria guanyat ell?

—És que encara no t'he explicat per què volíem segrestar el príncep Alí.

—Suposo que per demanar un rescat ben alt al seu germà, un dels capitostos de l'imperi del petroli.

—Doncs no. Només volíem que el senyor Aristides pagués els diners que aquell guiri havia promès a en Cèsar i ens aconseguís de la policia tot el paperam que necessitàvem per poder viure «legalment» en aquest país, poder treballar amb tranquil·litat i respirar sense por, com tothom, sense diferències. És a dir, nosaltres només volíem això. Però el senyor Ludovic ens va obrir els ulls explicant-nos que l'afer era massa important i perillós per acontentar-nos solament amb els quatre rals d'en Cèsar i els nostres paperots. Ja que de totes maneres havíem d'enfrontar-nos amb el senyor Aristides i la seva colla de bandarres, calia fer-ho fort i clavar un cop de puny que esclafés els malgirbats, ja que si en deixàvem un de sol viu, aquest no ens perdonaria mai més després de la doble humiliació que els hauríem fet sofrir.

—I què calia fer per aixafar la banda dels Guiris per sempre més?

—El pla ordit pel senyor Ludovic era el següent: així que tinguéssim el príncep Alí en poder nostre, ens posaríem en contacte amb la policia i amb el senyor Aristides per aquest ordre. Demanaríem que un policia fos testimoni de la conversa telefònica amb el senyor Aristides en la qual li demanaríem els diners d'en Cèsar i una quantitat més alta per a nosaltres a canvi de portar-li el príncep Alí on ell volgués i que fos ell i la seva colla qui demanessin el rescat al germà ric. És a dir, que li veníem el «negoci» del rescat del príncep Alí a un preu raonable. Aquesta és una mena d'operació molt freqüent entre grups de segrestadors: els més preparats per fer el segrest, a vegades no són els més adequats per negociar el rescat, i aleshores els primers «venen» la víctima als segons, que en trauran més profit. La conversa i el possible acord amb els guiris servirien de prova a la policia de les males intencions que portaven els bandits del bar Èvora i de com nosaltres no havíem fet altra cosa que avançar-nos a ells i salvar el príncep de les urpes d'uns botxins.

—I si la policia us replicava que com era que no els havíeu avisat abans de moure-us, així que vau tenir la primera notícia del segrest que preparaven els guiris?

—El senyor Ludovic ho tenia tot pensat. Hauríem dit que era impossible d'avisar-los perquè les intencions, els propòsits, encara que siguin dolents, no són cap delicte, sobretot, si no hi ha proves. A més, si haguéssim deixat que el príncep caigués a la xarxa dels guiris, hauria costat molt més esforç a la policia trobar-lo, no ho veus així? I tot d'altres arguments semblants, s'havia preparat el senyor Ludovic, destinats a fer-nos quedar bé i a esclafar el senyor Aristides i els seus acòlits.

—Per tant, l'única peça que no ha rutllat en tot l'engranatge he estat jo.

—És que l'Eva, la noia que es va encarregar de fer-te baixar a la porta del Teatre Nacional Popular, et va prendre pel mateix de la fotografia dels diaris. Com que li vam dir que el príncep seria l'únic que no es disfressaria per poder lluir el vestit típic del seu país...! Imagina, en arribar tu vestit de príncep oriental, et va prendre per l'autèntic príncep Alí!

—Qui és l'Eva? Vull dir quina relació té amb vosaltres, d'on l'heu treta?

—Vols saber-ho tot, eh, noi? L'Eva és la meva amiga, una noia francesa, filla de la *concièrge*, de la portera del costat de la funerària. És la meva xicota, si vols. Estudia ballet a l'Òpera de París i, per ajudar-nos, va accedir a demanar a una companya de l'escola de dansa, neboda d'un diplomàtic, que la convidés a la festa perquè volia conèixer un noi del qual estava enamorada.

—Bé, i què fareu, ara?

—Això depèn de tu, en primer lloc.

—Doncs jo faria una cosa. No teniu els diners d'en Cèsar; no teniu el príncep veritable per negociar, ni el valor d'un franc, amb el senyor Aristides. En canvi, teniu dues coses que no volíeu: una, teniu por que jo us delati a la policia si m'allibereu; dues, teniu por que els meus pares es posin a buscar-me amb l'ajut de qui sigui i us trobin, si no em deixeu anar.

—Més o menys. I què faries tu per canviar les dues coses que tenim per les dues que no tenim?

—Molt senzill.

—Senzill?

—Senzill? —repetí en Víctor, que s'havia despertat i ens escoltava, assegut a la llitotxa.

—Sí. Continueu la comèdia fent veure que jo sóc el príncep Alí, i negocieu amb el senyor Aristides, a fi de comprometre'l i obtenir evidències dels seus crims. Abans truqueu a la policia i que vinguin a fer de testimoni del segrest que la banda dels Guiris preparava, tal com teníeu pensat. A la policia, li podeu dir que vosaltres no heu segrestat ningú, que he estat jo que m'he prestat al joc de fer-me passar pel príncep. Podeu dir, si cal, que jo sóc un més de la colla que treballa amb l'enterramorts, o un amic...

—I els teus pares? Què diran els teus pares?

—Res. Els meus pares no diran res si puc trucar-los i explicar-los que m'he perdut, que he sortit del Palau Chaillot amb uns amics i en retornar a casa a peu m'he perdut. Sóc nou a París, no conec els carrers i...

En aquell moment se m'acudí una dificultat greu:

—Ei! —vaig exclamar—. Això si és que avui és avui! Vull dir si no he passat dos o tres dies enterrat a la caixa de morts!

—No —es va afanyar a respondre'm en Dionís—. Des que t'hem tret del teatre fins ara han passat només quatre o cinc hores.

En Dionís va mirar el noi negre i li va demanar:

—De quin parer ets tu, Víctor?

—Jo cridaria els altres i els consultaria. No em sembla pas gens esbojarrada la proposta del vailet. Només hi trobo un defecte: qui ens garanteix que quan tindrem la policia al costat, aquest nap-buf no ho xerrarà tot, fil per randa, i ens comprometrà fins al coll?

—Sou molts contra un de sol —vaig afanyar-me a dir jo—. Ningú no sap encara què ha passat ni on sóc. Si us volgués comprometre, callaria i deixaria que us arregléssiu sols. Perquè jo us comprometo tant si sóc mort com viu. El que cal és trobar una bona mentida, vull dir una bona història, per fer creure a la policia i als meus pares per què us he ajudat, com és que som amics, i com és que us coneixia amb tan pocs dies d'estada a París.

Els dos nois van quedar capficats.

—Ja està! —vaig saltar al cap de poca estona—. La noia, la ballarina, l'Eva, servirà d'excusa!

—Explica't —van dir tots dos alhora.

—Direm que ens hem conegut al ball del Palau Chaillot i que després l'he acompanyada, amb taxi, fins aquí. Direm que ella m'ha presentat a tots vosaltres. I que vosaltres, en veure com m'assemblava al príncep amb la meva disfressa, m'heu demanat que us ajudés a desemmascarar el senyor Aristides i la seva tropa, a venjar-vos de les males passades que us han fet i a obtenir els permisos de treball i de residència... Què us sembla? Al cap i a la fi tothom sap que l'Eva era a la festa, ho podem demostrar, oi que sí?

En Víctor i en Dionís van mirar-se.

—Què hi dieu?

—No et moguis —m'indicà en Dionís—. Anem a consultar-ho als altres.

I els dos nois van sortir del magatzem.

El lloc no era per quedar-s'hi sol ningú. Em vaig asseure a la llitotxa i em vaig tapar els ulls amb les mans per no veure res del cantó fosc i ple d'embalums negres; i uns moments després vaig estirar-me, cansat, amb el cap enterbolit, i vaig adormir-me.

20 *Uns copets al braç*

UNS COPETS AL BRAÇ van despertar-me. En obrir els ulls vaig veure tota la colla a l'entorn del llitot, contemplant-me, com si fos un animal estrany.

–Desperta, dropo! –cridava el senyor Ludovic.

–Ell no hi té cap culpa –explicava en Dionís, com si tractés d'evitar una catàstrofe–. Ell només ha donat la idea. I la idea era bona...

–Bona? –cridava el senyor Ludovic, amb veu enfurismada.

–No m'estranyaria gens que aquest vailet fos de la bòfia –comentava en Hassan amb fatalisme.

–Què passa ara? –vaig preguntar jo, que ja m'havia despertat completament i m'anava fent càrrec de la situació.

–Hem fet cas de les teves paraules...

Jo vaig somriure una mica, pensant que per

fi podria tornar a casa i m'alliberaria d'aquell malson.

—...Sí, sí, no somriguis —va continuar en Víctor—. Hem fet cas de les teves paraules. Ens ha semblat una bona idea...

Els llavis se'm van estirar d'orella a orella de satisfacció.

—L'única pega que ha sortit ha estat que quan hem telefonat a la policia i els hem explicat el nostre propòsit, després d'escoltar-nos molt atentament i de demanar-nos noms i adreça, ens han dit que corrien a veure'ns de seguida perquè el príncep Alí acabava de ser segrestat feia un parell d'horetes quan sortia de l'edifici de l'ambaixada del seu país per assistir a una festa al Palau Chaillot.

Vaig quedar glaçat.

—És a dir que...?

—És a dir que ens hem ficat a la boca del llop per culpa de la teva idea genial. En dos o tres minuts tindrem la policia aquí i ens cosiran a preguntes, la primera de les quals serà: com sabíem que algú volia segrestar el príncep Alí?

Vaig mirar en Víctor, que acabava de parlar, i no hi vaig trobar odi ni violència ni rancor ni maldat, als ulls. Només hi havia una llumeta de resignació, de tristesa, de decepció... Vaig pensar que no estava tot perdut, encara. Quins aprenents, aquells, que s'eixonaven a la primera de canvi!

—Millor que vinguin! —vaig tornar a la lluita—. Era el que havíem planejat, oi?

—Vols dir que ho havies planejat tu! —va precisar en Cèsar.

—Però vosaltres ho heu acceptat, i no sou pas uns enzes. Si ho heu acceptat és perquè hi ha alguna cosa valuosa en el meu pla.

—Perquè no sabíem que mentre perdíem el temps xerrant amb tu, els guiris del senyor Aristides feien feina de la bona.

—Però no veus, Víctor —vaig dir jo—, que ara la policia ens haurà de creure per força?

—Què vols dir?

—Que abans, vull dir si no hagués passat res, hauríem d'haver demostrat a la bòfia que el senyor Aristides volia segrestar el príncep Alí, però ara ja no hi ha cap dubte. Hem de dir el mateix que havíem convingut abans i demostrar que no sabíem que el segrest tindria lloc avui.

El senyor Ludovic es rascava la panxa:

—No pensa malament, no, el vailet...

I va afegir:

—Però, com sabem que són els guiris els autors del segrest?

—No ho sabem, és cert —vaig concedir jo—. Però tant si són ells com no, nosaltres dirigirem tota l'artilleria contra el senyor Aristides i la seva gent. Si els guiris no ho han fet, segur que pensen que hem estat nosaltres, és a dir que els podem parar la trampa igualment...

—La policia estarà atabalada buscant els veritables segrestadors i ens engegarà a dida amb els nostres problemes —rumià en Víctor.

—Com a mínim posarem l'emplastre abans que surti el gra —en Dionís es va posar al meu costat—, vull dir que ens avançarem a les males jugades que puguin fer-nos els guiris dirigits pel senyor Aristides, que té fama de quimerut i venjatiu.

El senyor Ludovic continuava gratant-se la panxa i remugant en veu baixa:

—Això no té cap ni peus... Encara que, ben pensat, si els guiris són els autors del cop i nosaltres els denunciem a la poli, quina venjança més fina contra el senyor Aristides! I si no ho han fet però volien fer-ho... i cauen a la trampa...!

Jo vaig aprofitar la treva per demanar:

—Puc telefonar a casa? Només per tranquillitzar-los. No diré res. Tot plegat ajudarà a apaivagar les coses.

Com que ningú no decidia res, vaig insistir amb l'argument definitiu:

—De totes maneres els he de dir alguna cosa abans que arribin els *flics*, vull dir la poli.

—Té raó —accedí en Dionís, però ningú no va fer-li cas.

I en aquells moments de silenci en els quals tot el grup, cap cot, rumiava com sortir airós de la situació, vaig acostar-me a en Dionís per demanar-li en veu baixa, a cau d'orella:

—On és el telèfon?

En el moment que en Dionís girava el cap per contestar-me, es van sentir uns trucs a la porta del carrer.

—Ja els tenim aquí! —va alçar la veu el senyor Ludovic, tot aixecant el cap. Els altres van mirar l'home amb ulls una mica espantats.

—Què fem? —demanà en Cèsar, esverat.

21 *Els policies*

ELS POLICIES eren un grup de vuit (sense comptar els que devia haver-hi a fora, al carrer, i als cotxes), vestits de senyors, com si fossin viatjants de comerç o professors d'institut. No vam ni pensar, almenys jo, si portaven armes o no. Dels vuit homes que van entrar al magatzem, només un parlava. Devia ser el cap de colla. Es va presentar amb el nom de comissari Roger i era un homenet sec i nerviós, com un cep, amb un nas de tarota i uns ulls grossos i botits com els d'un mussol, semblava una mica un capgròs de festa major. Quan parlava movia molt la boca i ensenyava unes dents de fava com si fos la boca d'un cavall. Portava un vestit negre, una camisa blanca amb un llacet al coll i un barret d'ala ampla fins a les celles. Els altres homes eren alts i cepats.

El senyor Ludovic i el comissari Roger es van llançar a xerrar en un francès tan tancat i tan ràpid que m'hauria quedat sense entendre no gaire més de quatre paraules si no hagués estat per en Dionís, que, de tant en tant, quan la conversa es parava i tots els ulls es clavaven en mi, em feia una mica el resum de la xerrameca, en to de pregunta:

—Diuen si et veuries amb cor d'interpretar el paper de príncep Alí, en públic.

—Ja ho he fet sense adonar-me'n, oi? I si sense voler he aconseguit que vosaltres em prenguéssiu pel veritable príncep, imagina't què sóc capaç de fer si m'ho proposo...

Amb cara satisfeta, el senyor Ludovic i el comissari Roger tornaven a aquella conversa enrevessada. Fins que arribava un altre missatge:

—Diuen si series capaç de disfressar-te bé d'altres tipus de gent, per exemple, de noi portuguès, d'immigrant grec o de fill de treballador italià.

—La meva mare és actriu i passa una temporada a París, on no té altra feina que pintar-me i vestir-me de manera que no em reconegui ni jo mateix.

Els cops de cap d'assentiment eren cada cop més forts i la conversa s'animava per moments. I en Dionís, una altra vegada, resumia:

—Diuen que si series capaç de defensar-te bé tot solet, sense ningú al costat, si et trobessis en un perill greu.

—M'hi faria amb les dents i amb les urpes, si calia.

La xerrada s'il·luminava amb somriures. En Dionís em va comentar:

—Diuen que la teva idea no és dolenta, però el comissari Roger l'ha millorada. Ara el que cal és que el germà del príncep hi estigui d'acord.

—No li ho podem demanar? Es tracta de salvar la vida del príncep!... I la meva! —vaig puntualitzar jo.

—I de demostrar a la banda dels Guiris qui som els de la colla de l'Enterramorts! —afegí en Hassan.

—I de pagar-me el que em deuen! —protestà en Cèsar.

Van tornar a parlar una estona, fins que en Dionís em va comunicar:

—Diuen que cal que el germà del príncep, el rei Ahmed, et conegui i parli amb tu. Aniràs a veure'l acompanyat del senyor Ludovic i del comissari Roger. Un policia ha sortit a telefonar per demanar si hi podeu anar ara mateix.

—I vosaltres?

—Ens quedem a la rereguarda. Però no et preocupis, que vetllarem per tu. Sort!

El senyor Ludovic i el comissari Roger em van agafar un per cada braç, com si se m'emportessin detingut. Tots els altres, policies de civil i la colla de l'Enterramorts, es van quedar al magatzem.

—Com menys soroll fem, millor —va comentar el senyor Ludovic en un francès de fer-se entendre.

–Ens esperen a l'ambaixada com més aviat millor.

El comissari Roger llegia els ulls del policia que havia sortit a telefonar i que amb el cap feia que sí a tot el que deia el superior.

–No han dit res a la premsa, i cap diari no ha rebut encara cap comunicat dels segrestadors.

–Però..., jo no sé què he de fer... –vaig protestar.

Em van mirar com si no m'entenguessin o com si la meva objecció no tingués gens d'importància. Al carrer, vam pujar a un cotxe immens que no era de la policia, i vam fugir carrer avall. Era negra nit i a cada cap de carrer hi havia una furgoneta de la policia, un *cistell de verdura* que en diuen els francesos, amb un eixam de gendarmes fora, vigilant.

22 *El rei Ahmed*

EL REI AHMED es rascava la barbeta cada cop que s'interrompia la conversa, per pensar una estona en silenci. Era un home alt i ben plantat, de cabells i ulls negres, molt negres, i pell de color d'oli, vestit com un empresari occidental, amb corbata blava i mocadoret blanc a la butxaca de l'americana.

El rei Ahmed seia darrere una taula de marbre negre, plena d'objectes de cristall i or. Al seu davant, asseguts en sengles butaques de vellut blau, érem el comissari Roger, sense barret, el senyor Ludovic, que no tenia prou mans per dissimular una mica els panys de camisa que no li cabien dins els pantalons, i jo, que aquest cop no entenia ben res de la conversa perquè els tres senyors s'havien posat a parlar en anglès, i em dedicava a contemplar, garratibat, el luxe del despatx, la catifa de colors brillants, les butaques i els sofàs, els tapissos de les parets...

Fins que, com en la conversa del magatzem, de sobte es feia un silenci i tots els ulls es clavaven en mi. Aquest cop era el comissari Roger el qui em resumia la xerrada lentament, triant les paraules:

—Passo les vacances a la Costa Brava i parlo una mica la teva llengua. A veure si m'entens. El rei Ahmed està d'acord amb el nostre pla i diu que si salvem el seu germà, el príncep Alí, podràs demanar-li el que vulguis.

Jo devia obrir uns ulls com dues rodes de bicicleta, perquè el comissari va afegir tot seguit:

—Tot el que vulguis que pugui pagar-se amb diners, és clar.

El rei Ahmed em somreia des de darrere la taula. El comissari Roger va continuar:

—Necessitarem la col·laboració de la premsa, i per tant necessitarem també la col·laboració del teu pare. No pateixis. La teva família sap que ets aquí, amb nosaltres. T'esperen a la sortida per posar-se a treballar en la recerca del príncep Alí. La teva mare ens serà molt útil com a maquilladora, perruquera, experta en disfresses, etcètera.

—Però jo... què he de fer?

—T'ho explicarem de seguida. No frisis. De moment cal que sàpigues que tu faràs d'esquer per atreure els segrestadors i trobar el príncep. Que el teu paper, o millor dit, els teus papers, consistiran a representar una colla de personatges diferents, però al final sempre et convertiràs en el príncep Alí.

–No seria més fàcil fer una batuda al bar Èvora i obligar a cantar els guiris i el senyor Aristides?

–A hores d'ara no en deu quedar ni un de la banda bellugant la cua pel bar. Tots deuen haver-se amagat com els conills. I recorda que encara ningú no ha dit que hagin estat ells, els autors del segrest. La jugada serà quan els teus pares diran que ets tu el segrestat i tots els diaris esbombaran la notícia.

–Fareu veure que s'han equivocat de príncep?

–Exactament. Farem veure que ell ets tu i que tu ets ell. I procurarem esbombar-ho abans que es faci clar, abans que els segrestadors, siguin quins siguin, no lliurin un comunicat a la premsa. Volem que es trobin la sorpresa a les mans.

–Però... el príncep Alí, el de debò, no en sap res de tot això i no sabrà fer el meu paper, vull dir que no se li acudirà de fer-se passar per... mi.

–Esperem que tot surti bé. El comunicat a la premsa serà suficientment vague per facilitar les coses. El príncep Alí, el de veritat vull dir, parla quatre o cinc idiomes. Confiem que ho encerti. De totes maneres confiem encara més en la sorpresa i el despit que la notícia de l'equivocació produirà en els segrestadors. I que en la nota que donarem a la premsa parlarem de tu com d'un noi educat a Suïssa, a Anglaterra, a França..., en els mateixos col·legis on s'ha educat el

príncep, i afegirem que sou condeixebles, que heu passat molts estius plegats..., és a dir que t'encolomarem el currículum del príncep, com aquell qui diu...

–Perdoneu, però repeteixo que si féssiu una bona enganxada de gentussa a l'Èvora, aniríeu més de pressa... Encara que el senyor Aristides i els seus homes hagin fugit, podeu trobar, pel que he sentit dir, altra gent com el cambrer bretó, l'Edgar, que potser en sap alguna cosa...

–No podem començar a enxampar gent a tort i a dret. I d'altra banda, què pensarien els bandits, si agaféssim gent del bar Èvora, si diem als diaris que ets tu, un noi disfressat de príncep àrab, fill d'un diplomàtic estranger, convidat a la festa del Palau Chaillot, qui han segrestat? Cal que els criminals ens vegin tranquils. Perdona, però per trobar-te a tu (ja m'entens, vull dir el príncep que han de prendre per tu) no mourem pas el mateix daltabaix que per retrobar el príncep. Per tant, farem veure que ens movem només per rescatar un noiet... sense importància; vull dir sense la importància del príncep. I els segrestadors s'ho han d'empassar. No podem armar un sagramental si volem que ens creguin.

–És clar...

–No et vols pas tornar enrere, ara?

–No, no..., però m'heu d'explicar bé què he de fer.

–Ara mateix. Serà una aventura divertida i apassionant...

El rei Ahmed, com si hagués endevinat els meus dubtes, va obrir un calaix i va posar sobre la taula cinc paquets de bitllets de color verd. El rei Ahmed va fer un comentari i els tres homes van esclafir en una rialla. El comissari Roger va traduir-me:

—Diu que amb aquests bitllets a la butxaca, molt dolenta ha de ser la disfressa perquè no et prengui tothom per l'autèntic príncep Alí. Una idea magnífica que corona la teva idea inicial! La prova irrebatible! Qui llençaria tants diners amb l'alegria amb què tu els llençaràs si no fos l'autèntic príncep del petroli?

—Tots aquest diners hauré de llençar, jo?

—Podràs fer-ne el que vulguis, segons la teva fantasia..., amb la condició que tothom sàpiga que has estat tu, és a dir, el príncep Alí, qui els ha donat. Què et sembla?

—Em sembla... que ja començo a tenir ganes de fer bestieses amb tanta pasta. Quin gavadal de dòlars!... Quan comencem les disfresses?

—Ara mateix. Escolta.

23 *El tren d'Orense*

EL TREN D'ORENSE arriba a l'estació d'Austerlitz a mitja tarda. El tren d'Orense arriba a París després de gairebé tot un dia i tota una nit de marxa, des de les muntanyes verdes i suaus de Galícia, passant per l'alta Meseta de Castella (Lleó, Burgos, Miranda de Ebro...), travessa el País Basc plujós i entra a França per la frontera d'Irun i Hendaya. El tren d'Orense va tot ple de pobra gent del nord de Portugal, de gallecs i castellans que arriben a París per treballar-hi de manobres, de rentaplats o de criades. Fan ulls tristos, els viatgers del tren d'Orense, un posat abatut i un gest cansat, i van carregats de farcells mal lligats amb cordills o paquets descosits i apedaçats.

A França, passada la frontera, pugen passatgers ben abillats amb maleta de cuiro i olor neta de perfum car o aigua d'olor. Els nous viatgers passen i miren els compartiments plens de gallecs mig adormits, de castellans sense afaitar, de portuguesos cansats i de nens ploramiques, i al final decideixen passar a un altre vagó o quedar-se al passadís, drets, el cap fora la finestra, fumant una cigarreta.

Els estrangers no parlen gaire. Miren el paisatge cada cop més ric i les ciutats esplèndides: Bordeus, Clarmond-Ferrand, Orléans..., immòbils com estàtues, les mans quietes a la falda, la cara com de cera, i els neix una lluïssor als ulls com una il·luminada esperança o una llàgrima quieta.

I quan la velocitat del tren es fa més intensa després d'Orléans, quan només falta una hora per arribar a París, els estrangers mouen el cap per mirar enlaire si les maletes massa plenes i els farcells són al seu lloc, i es palpen les butxaques per retrobar la carta del parent que els ha promès treball o el feix de bitllets dels estalvis o el paperet amb l'adreça del lloc on dormen compatriotes i on el menjar és barat.

El silenci es fa pesant i quan comencen a albirar-se els edificis alts de la ciutat i el curs tranquil del Sena, algú llança un sospir, molt profund, com el final d'un somni.

A Orléans ha entrat al vagó un noi despentinat i vestit pobrament, carregat de maletes velles. Sense dir res s'ha repenjat als vidres del compartiment ple d'estrangers. El passadís també és ple de gent que fuma. En arribar el noi, tots l'han mirat, però passat aquest primer moment, tots, estrangers i francesos, giren els ulls i fan veure que una altra cosa els interessa més.

El tren xiula, rabent, i els rètols, sota els ponts, indiquen les distàncies cada cop més curtes.

El noi, amb mal francès, demana:

–He perdut els pares. M'he canviat de vagó a veure si els trobava. He resseguit tot el tren, de la locomotora a la cua, i no els trobo. Potser se'ls ha escapat el tren a Bordeus, on han baixat a beure un got d'aigua, perquè les maletes eren al mateix lloc.

Tots tornen a mirar-se'l amb aquells ulls mig espantats, sense dir res. Els viatgers del passadís comenten, en un francès perfecte:

–Què passa?

–No entenc res.

–Quin idioma és aquest!

–Sembla mentida, deixar les criatures així! I encara aquest rai, que ja és grandot!

–És que no saben organitzar-se, aquests estrangers no saben organitzar-se!

–La gent del compartiment ajuda, en castellà o portuguès:

–En arribar a l'estació, els esperes a la sortida. Ja veuràs com us retrobareu.

–O crides els gendarmes, que t'ajudaran.

–A la sortida de l'estació hi ha unes oficines d'acolliment als immigrants. Acudeix-hi, que també poden ajudar-te.

—A la tarda, però, no sé si tenen obert...

El tren s'atura amb una sotragada que fa ballar els embalums amuntegats. Els passadissos es buiden amb empentes en un moment. Ningú no es gira a mirar el noi perdut, immòbil a la porta corredissa.

El compartiment es buida també, més lentament. Carregats de maletes, els estrangers surten tot dient, mig excusant-se, sense mirar el noi:

—Vés a la policia.

—Posa't a la sortida i vigila.

—L'oficina d'acolliment es troba a la sortida de l'estació.

Un noi d'una vintena d'anys s'ha quedat sol assegut en un racó del compartiment. Tranquil, deixa que passi la corrua de gent. Fa un signe amb el cap al noi perdut, tot dient-li:

—Ep, sagal! Vols fer les coses bé? Entra els teus estris. Jo baixaré a l'andana i tu em dónes els meus farcells i les teves maletes des d'aquesta finestra. D'acord? Quines ganes de suar i anar carregats, oi?

Recull tots els paquets i els deixa arrenglerats sota la finestra del vagó. És un noi alt i fort, amb cara de criatura.

—Ara baixa —diu—. I fes de sentinella aquí, al costat de la renglera, que corren molts pispes. Jo vaig a buscar un carretó.

Torna al cap d'un instant amb un carretó i mentre col·loca les coses, demana:

–Et trobes bé?

El noi perdut diu que sí amb el cap.

–Bé, doncs anem a seure al bar, aquí mateix, prop de la sortida, que la família et pugui veure si no ha perdut el tren.

–I si l'ha perdut? –replica el noi sense deixar temps per a cap altra possibilitat.

–Pensarem tranquil·lament què cal fer, sense por ni pressa.

S'asseuen en un banc de fusta, de cara als trens que arriben perquè les taules del bar són plenes. Un sol trist grogueja pels vidres de la immensa claraboia del cel de l'estació. La gent passa accelerada cap a la sortida, sense fixar-se en res, com els nàufrags del fons d'un mar que estiren el cap per poder respirar l'aire de la sortida.

–No els veus pas? –demana el noi gran.

El noi perdut no mira el riu de gent que passa davant d'ells. Amb el cap baix confessa:

–No els puc pas veure...

–Si no t'hi fixes, és clar que no! Què et passa?

–T'he enganyat. M'he escapat de casa.

–Què t'empatolles? T'has escapat de casa?

–Sí... Volia treballar i guanyar diners... A casa som pobres i al meu poble no hi ha feina.

–I com has passat la frontera?

–He saltat del tren i l'he passada a peu, pel bosc...

–Carai! Jo he hagut de pagar perquè em pas-

sessin amagat a la caixa d'un camió, enmig d'un ramat de bens, ben amagat...!, i tu has passat de franc!

–No sabia com fer-ho, per passar, sense papers... Què em faràs ara que saps la veritat?

–Què vols dir?

–Vull dir si em deixaràs sol o avisaràs la policia...

El jove es grata el clatell, com si es tractés de decidir una qüestió molt difícil.

–No sé..., no sé... De moment caldria trobar un lloc per menjar i dormir..., i després caldria inventar una història per contar a casa teva, que no es pensin que se t'ha endut l'home del sac...

El noi escapat fa una magarrufa.

–No et preocupis! Tot ho arreglarem!

–Així no m'abandones? Vull dir, vols ajudarme? Vull dir, podré quedar-me amb tu? Vull dir, m'ajudaràs a trobar feina? Vull dir..., som amics?

El jove s'alça tot rient:

–Sóc tan pobre com tu i no tinc casa ni feina. I em guanyes en una cosa: tu has passat la frontera de gorra. No t'ajudaré: ens ajudarem l'un a l'altre.

Aleshores el noi escapat també s'alça i enmig del batibull de l'estació aixeca els braços i els agita com el grumet que fa senyals des d'un vaixell.

–Què fas? –s'alarma el jove–. T'has tornat boig?

Però el noi agitat no fa cas de l'alarma del seu company i continua movent els braços fins que apareix un grup de gent amb vestits, paquets, màquines de fotografiar..., com l'equip de filmació d'una pel·lícula o una colla de comediants. Un noi i una noia despullen el noi belluguet de l'americana vella que portava i en un no res el deixen guarnit com un príncep oriental. Els fotògrafs es cansen de disparar els aparells per fixar la transformació del noi i la cara d'esverament del jove. Un cavaller amb barbeta i barret negre s'acosta al jove i li fa a mans un feix de diners:

–Jo..., jo..., jo... –balboteja el jove amb els dits mig tremolosos.

–Són ben teus –somriu el cavaller–. És el premi per haver estat amable amb el príncep Alí. El príncep Alí vol conèixer el cor de les persones. Des d'ara pots considerar-te amic del príncep Alí. Amb aquests diners podràs trobar casa i aliments en aquesta terra estranya. Els avantpassats del príncep Alí també peregrinaren pel desert i encara hi ha molts germans que han de deixar la seva terra per trobar un treball. A França hi ha actualment prop de cinc milions de treballadors estrangers. Bona sort, jove!

L'endemà, molts diaris publicaven les fotografies i la notícia:

EL PRÍNCEP ALÍ PREMIA LA SOLIDARITAT D'UN JOVE IMMIGRANT.

24 *Els diumenges a la tarda*

ELS DIUMENGES a la tarda cau sobre París una espessa capa d'avorriment, un irrespirable aire de tedi. Les hores passen lentes, tranquil·les. Al migdia, no hi ha ningú al carrer, excepte a les grans avingudes, plenes de turistes. Tothom és a dinar amb la família o els amics. Les botigues són tancades. La portera no és al seu cau, al peu de l'escala, vigilant les entrades i sortides, perquè gairebé ningú no entra ni surt. Tothom reposa.

Per als estrangers, amb la família lluny, el diumenge és el dia més trist de la setmana. Al migdia, per no dinar tots sols en un racó de la cuina de la pobra cambra (que temps ha havia estat la cambra de la criada), d'un sisè pis sense ascensor, surten al carrer desert i acudeixen lentament, com si es deixessin portar per l'atzar, al bar del carrer de la Pompe.

El bar del carrer de la Pompe és un local

annex a una església on uns frares donen dinar i sopar cada dia als immigrants de la península Ibèrica per un preu molt baix. Cada dia, sobretot a l'hora de sopar, es reuneixen al bar del carrer de la Pompe manobres, camioners, paletes, escombriaires, muntadors, mecànics..., que amb les mans encara mig brutes de la feina parteixen el pa barat dels frares i parlen de si per Nadal o les vacances d'estiu tornaran allà baix, al poble...

Els diumenges hi ha menys enrenou. Només hi acudeixen alguns solitaris, sobretot gent gran, que la soledat empeny al carrer com el buit d'un remolí que els xucla cap al bar del carrer de la Pompe on trobaran algú per parlar una mica.

Hi ha una dona que seu, sola, en una taula prop del taulell. Té un got de vermut al davant i la mirada perduda. En altres taules seuen, en petits grups, de dues o tres persones, homes cansats, madurs, que parlen lentament de poca cosa.

Un noi despentinat i vestit pobrament demana permís per seure a la taula de la dona del got de vermut. Ella fa que sí amb el cap, i torna a les seves cabòries.

–Sou francesa? –li pregunta el noi, curiós.

–Ca...! No –fa ella, tot baixant a terra–. Sóc de Terrassa, jo, però fa més de trenta anys que visc a París. Treballo de criada.

–I no penseu tornar a Terrassa?

–Què vols que et digui? Després de tants anys, ja no sé ben bé d'on sóc. Ara, ja, tant m'estimo això com allò, encara que, és clar, la terra tira molt.

–No heu oblidat la vostra llengua, però. Deveu saber bé el francès, amb tants anys d'estada a París, oi?

–Què vols que et digui? Doncs, no el sé gaire el francès, ja ho veus, noi. Perquè en una casa, a una criada, no li diuen gaires coses. La feina i prou. Vols que et digui una cosa? Doncs que només sé el francès de treballar. Vull dir que només entenc quan em criden «Porta la galleda», «Està a punt el dinar?», «Quan estarà net el vestit de la senyora?» i coses per l'estil. Però el francès dels amics, el francès de l'amor, els altres mots francesos que no són del món del meu treball, no els conec, perquè m'he anat fent vella tot treballant i..., ja ho veus.., els diumenges, quan els meus senyors surten de París, vinc aquí, a veure si trobo algú per fer petar la xerrada.

–I què és el que us agradaria més de tot?

–Què vols que et digui? M'agradaria ser la propietària d'un bar com aquest, ple de gent com aquesta, perquè així no em trobaria mai sola i podria parlar amb tothom i podria agombolar els clients que vénen a prendre un got de vi i d'amistat com si fossin la meva família...

Aleshores el noi despentinat, que tothom havia pres pel fill d'algun obrer que esperava el pare o la mare per dinar plegats, pica de mans i apareix per la porta del bar un grup de gent amb vestits, paquets, màquines de fotografiar...

L'endemà, molts diaris publicaven les fotografies i la notícia: EL PRÍNCEP ALÍ PAGA A UNA VELLA CRIADA UN BAR NOU DE TRINCA DESTINAT A L'ACOLLIMENT DE TREBALLADORS ESTRANGERS.

25 *Hem pagat un bar*

–HEM PAGAT un bar nou de trinca, especialment equipat, a una bona dona; hem pagat una escola esplèndidament equipada a una barriada obrera, per als fills d'immigrants que tenien problemes d'aprenentatge; hem pagat un local amb tots els ets i uts, on es puguin reunir els joves estrangers per jugar, escoltar música i discutir els problemes... De moment, només hem pagat, però del meu germà, el príncep Alí, segrestat fa una setmana, no en sabem res encara.

El rei Ahmed mirava de controlar la irritació de la veu. Les mans li tremolaven una mica mentre parlava.

–No vull més informes com aquests que acabo de llegir: *El tren d'Orense, Els diumenges a la tarda*... i tots els altres que expliquen molt bé la tristesa dels pobres que es veuen arrancats de la seva terra per una misèria que els porta a les grans ciutats, a la més gran de les solituds.

El rei Ahmed va posar les dues mans sobre la taula de marbre negre i amb veu pausada va continuar:

–En Pere, el noi que fa el paper del príncep, ho fa molt bé. Els diaris s'han portat meravellosament en fer publicitat de les bones accions del fals príncep i en silenciar els rumors de la desaparició del príncep vertader. Però jo em demano, fins on hem d'arribar? Què fa la policia, mentrestant?

–La policia vigila i espera –deia el comissari Roger, també amb veu lenta i educada–. Crec que hem aconseguit moltes coses i que el descobriment del príncep Alí i dels segrestadors ja és a prop.

–Ah, sí! –va comentar amb una mica de sorna el rei–. M'agradaria que m'expliqués alguna de les coses que, en la seva opinió, senyor comissari, s'han aconseguit.

El comissari Roger va mirar els altres reunits abans de contestar. Els altres érem jo, el meu pare i dos periodistes més, el senyor Ludovic, en Cèsar, en Víctor, en Dionís, en Hassan, tres secretaris del monarca i quatre policies que feien costat al comissari.

–En primer lloc hem aconseguit que els segrestadors s'empassin que el noi que tenen segrestat no és el príncep Alí, sinó el fill d'un diplomàtic que acudia al ball de disfresses.

–Com ho sap tot això?

–Perquè els segrestadors no han obert boca,

com morts. No han dit ben res. No han demanat cap rescat, res, absolutament res. Com si la terra se'ls hagués empassat.

—I si no diuen res perquè han fet algun mal irreparable al príncep i en temen les conseqüències?

—No crec que li hagin fet res, llevat de les molèsties pròpies del cas. Ho asseguraria, perquè el senyor Aristides, si és ell l'autor del segrest, com sospitem, no és cap taujà i sap que si fa qualsevol mal al noi, pagarà el mal que li passi com si el noi fos el príncep. El problema que deu tenir, ara, el senyor Aristides, és com desfer-se del vailet sense comprometre's.

—Tot això són meres suposicions.

—Al bar Èvora, on tinc periscopis, o sigui espies i indicadors, ben situats, tothom riu del fracàs del senyor Aristides i la banda dels Guiris. Ningú no sap on s'han amagat, però en llegir els diaris es peten de riure, quan veuen les generositats del príncep Alí.

—Així, doncs, què ens recomana, comissari?

—Continuar la comèdia. Aquests primers dies hem convençut tothom que el príncep Alí es troba lliure i es passeja per la ciutat regalant diners als estrangers pobres. Tinguem paciència i ja veureu com el ratolí es ficarà tot solet a la ratera. Tenim la trampa a punt i l'esquer és una llaminadura massa bona perquè pugui resistir la temptació de sortir del cau.

—Expliqueu-vos millor, si us plau.

–Aquesta tarda, el príncep Alí, vull dir en Pere, és clar, visitarà la barriada de Créteil, als afores de París, on viuen milers de treballadors immigrants, àrabs i europeus del sud. El príncep Alí anirà vestit pobrament, com sempre, despentinat i brut. Entrarà a un bar on trobarà (aquest cop sense casualitat) un noi arribat fa poc a França, que serà en Cèsar (el qual no s'haurà d'estudiar el paper perquè volem que s'interpreti a si mateix), que ha estat víctima d'una mena d'estafa. El primer dia de posar els peus a França, a l'estació d'Austerlitz, per fer un favor a un compatriota va deixar-li tots els diners que portava a canvi d'un munt de joies... que l'amic no s'ha presentat a reclamar ni a retornar-li els diners deixats... El príncep es compadirà del pobre noi i li comprarà les joies falses a preu d'or. El príncep es quedarà les joies, i en Cèsar, un feix de bitllets capaç d'engrescar a sortir del cau la guineu més astuta. I els lectors dels diaris (entre els quals hi haurà, ben segur, el senyor Aristides, la seva llodrigada i, potser, el príncep segrestat i tot) tindran notícies i fotografies a dojo de la nova generositat i el bon cor del príncep Alí.

–Ja veig per on aneu.

–En Cèsar, amb la nova fama de ric, es passejarà ben sol pels llocs més perillosos de París. És clar que nosaltres el vigilarem de lluny, no el deixarem de petja. Farà veure que busca l'amic del seu barri que li va proporcionar les joies en arribar a Austerlitz, per proposar-li de muntar un negoci plegats... La qüestió és que vegi la més gran quantitat de gent possible, que es trobi amb tothom, que parli amb desconeguts... i que obri bé l'ull per veure si reconeix algun dels brivalls que se li van acostar a l'estació d'Austerlitz. Si aconseguim atrapar-ne un de la llopada, arribarem al llop gros, no en dubteu. Estic segur que quan el senyor Aristides sàpiga que en Cèsar es passeja per París folrat de diners, no podrà estar-se d'agafar-lo com sigui per prendre-li la bossa. Sobretot si la quantitat és llaminera. El pobre Cèsar, comparat amb el príncep, farà una feina molt menys arriscada! Penseu que les joies les hi van proporcionar els guiris, i si quan no valien un ral ningú no es va molestar a reclamar-les, ara que han estat canviades per una fortuna, en sortirà l'amo de seguida.

26 *Seguint les instruccions del comissari Roger*

SEGUINT LES INSTRUCCIONS del comissari Roger vam fer tota la comèdia, o millor dit, un acte més de la gran comèdia de la generositat i el bon cor del príncep Alí, aquest cop envers un noi trobat en un bar de Créteil que no sabia què fer amb unes joies deixades per un compatriota. Alguns diaris van titular la notícia així: EL PRÍNCEP ALÍ RECUPERA LES SEVES JOIES, i altres explicaven com les fabuloses riqueses del príncep Alí s'havien fet tan famoses arreu del món que fins i tot els pispes i estafadors internacionals jugaven a enredar els ingenus amb el miratge de l'or i els diamants orientals.

I tal com havíem convingut, en Cèsar es va passejar pels llocs més mal freqüentats de la ciutat, fent-se veure i dient que no sabia què fer dels diners... La gent se l'escoltava amb una mirada que era a la vegada una barreja d'enveja i d'incredulitat.

Passaven els dies i semblava que els diners d'en Cèsar no fessin denteta a ningú. I del senyor Aristides i la seva llodrigada, ni rastre. El comissari Roger s'estirava els cabells i el rei Ahmed s'impacientava.

Dels quatre cantons de París només arribaven notícies del bon acolliment que tothom feia als treballadors estrangers. Qui més qui menys tothom veia en els pobres despentinats i mal vestits que cercaven treball, arribaven a Austerlitz mig perduts, acudien amb una llauna a la mà a la sopa gratuïta dels pobres de la *rue Clèment,* o ploraven sols sota els ponts del Sena, un príncep Alí disfressat que volia provar el bon cor dels francesos abans de premiar-los amb una munió de riqueses exòtiques.

Tres hotelers s'havien disputat una parella de negres arribats de fresc a París, procedents de l'illa de la Martinica, per quedar-se'ls com a cambrers, amb sous més alts dels corrents i tota mena de garanties i avantatges. Els negres no s'hi veien de contents però s'havien estranyat molt quan el patró, que finalment els havia llogat, va preguntar quin dels dos anava pintat i disfressat i s'entestava que un d'ells era el príncep Alí que l'ajudaria a pagar la hipoteca de l'hotel, que vencia aquell mes.

Una dama molt rica que vivia tota sola en un luxós apartament del districte setzè havia recollit a casa seva un jove estranger sense feina i sense un ral que demanava caritat als vianants dels Camps Elisis. La bona dona s'havia sorprès molt quan el pòtol li havia demanat si podia portar a casa, a viure amb ells, la seva família, que habitava una barraca en un *bidonville* dels afores. La caritativa dama s'havia estranyat molt perquè es pensava que el captaire era el príncep Alí, però al final s'havia conformat tot dient: «On mengen dos, poden menjar tres...» I el jove havia corregit: «No, tres no, que som la dona i sis fills.»

Un jove cambrer que treballava de feia un parell de mesos en un restaurant de la plaça de l'Òpera havia estat descobert pel seu amo quan s'embutxacava les propines per a ell tot sol, sense fer-ne partícips els seus companys de treball com era el tracte. En decidir despatxar-lo per poca-vergonya, el jove havia protestat tot dient que se'n penedirien, que ell no era qui semblava que era, sinó que era en realitat el príncep Alí disfressat de cambrer, que havia volgut provar el bon cor i la capacitat de perdó de l'amo i dels companys per veure si es mereixien un premi o no. L'amo i els altres cambrers s'havien quedat tots parats davant la sortida del vailet, i es repensaven si el perdonarien o no. Al final van decidir clavar-li una bona pallissa i deixar-ho córrer.

Una notícia, però, retingué l'atenció del comissari Roger i dels seus homes. El senyor Ludovic també va opinar que aquella notícia podia ser molt important. El rei Ahmed i la seva cort van arrufar el nas perquè ja no confiaven en res ni en ningú. I en Cèsar, en Dionís, en Víctor, en Hassan i jo, vam somriure, divertits. El meu pare, que era gat vell, cridà:

–Atenció! Cal esbrinar bé tot el que fa referència a aquesta història! Podia ser el fil que ens portés al final del laberint. Descabdellem-lo amb molta cura.

La notícia era la següent: una dona de fer feines, andalusa, que s'encarregava de la neteja i de la cuina d'un casal molt tronat que acollia els treballadors, escombriaires, netejadors de clavegueres, etcètera, que dormien amuntegats deu o dotze en habitacions amb prou feines aptes per a dues persones, i menjotejaven les sopes d'aigua i la carn transparent que els escalfava la criada andalusa, havia trobat un regal del príncep Alí, sense sortir del casalot...

–Però si jo no he fet cap més regal a ningú des de la comèdia de les joies amb en Cèsar a Créteil!...

–Ja ho sabem, Pere. Per això precisament és una notícia que cal llegir amb atenció.

La bona dona havia trobat, un matí, dues perles a l'olla plena d'aigua de l'aixeta que bullia al fogó per preparar la sopa del dinar. Més tard, havia trobat uns diamants enmig de l'escarola que netejava a l'aigüera per a l'amanida. En arribar els dispesers a menjar, tot era alegria a la pobra dispesa. «El príncep Alí ha volgut premiar la teva bondat envers tots nosaltres», li deien els homes bruts i suats de la feina, tot rient. «Et mereixes això i molt més, Lola. Però la millor joia de la casa ets tu. No te'n vagis ara, Lola. Aquesta casa, sense tu, seria un infern.»

Però tot el que havia succeït fins aquell moment no era res al costat del que havia de passar. A l'hora de les postres, gairebé tots els homes havien trobat un robí al flam. En fendir la crema, la cullereta havia ensopegat amb una cosa dura. «Un os, una pedra, una sorpresa com la del tortell de Sant Antoni!», cridaven, enjogassats com criatures, els comensals. I era un robí. Aleshores, bojos d'alegria, els miserables i la criada es posaren a cercar per tots els racons, convençuts que el príncep Alí s'havia compadit d'ells, de tants anys de misèria, tristesa, fred i gana que havien passat, de tanta soledat i tant enyorament, i havia convertit aquella dispesa bruta i tronada en un palau meravellós ple de pedres precioses que pagarien tots els seus somnis.

Van trobar més diamants, i safirs, i maragdes, amagats als llocs més impensats: al dipòsit d'aigua de la comuna, al petit safareig de l'eixida, als primers graons de l'escala... Tot el veïnat havia acudit a contemplar la meravella i fins i tot havien trobat uns quants brillants a la teulada de les cases veïnes i a les canals de la pluja i en altres forats. Si no s'hagués presentat l'advocat del propietari del casalot, que va amenaçar de cridar els gendarmes i expulsar els llogaters si no paraven de furgar i remenar i capgirar tots els racons, la casa s'hauria quedat amb els ossos pelats, quatre parets esbotzades i prou.

—No cerquem més —havia dit la Lola—. No vulguem més riqueses que aquelles que la bona sort ens posi a les mans. Si el príncep vol que trobem el tresor a poc a poc, no correm tant a empaitar-lo. Amb el que hem trobat en tenim de sobres. Visca el príncep Alí!

Els gendarmes havien acudit, malgrat les promeses fetes per l'advocat del propietari, i vigilaven la casa de nit i de dia per evitar que es produïssin avalots. No volien gresca en aquell barri, ple de negres, àrabs, espanyols, portuguesos, grecs i italians, tots immigrants, gent del sud, cridanera i cercabregues, gens de fiar. Si no els arriben a aturar, atiats pel deler de les troballes, haurien baixat al soterrani i pujat a les golfes de la casota, sense deixar ni un bri de fusta per escorcollar.

27 *Són pedres falses*

—SÓN PEDRES FALSES —va sentenciar el comissari Roger, deixant el diari.

—Voleu dir que...? —els ulls del senyor Ludovic saltaven de llum i d'alegria.

—Telefoneu al rei Ahmed —va ordenar el comissari als seus subordinats—. Digueu-li que es prepari, que és molt possible que hàgim trobat el príncep Alí.

El comissari Roger va agafar dos telèfons alhora i va començar a cridar ordres. El senyor Ludovic somreia, assegut a un racó de la comissaria, on ens trobàvem. En Cèsar, els altres tres companys i jo no ens sabíem estar de comentar:

—Això vol dir que...?

—És clar que sí! Ja ho entenc. És molt senzill! No ho veus tu, encara?

—Expliqueu-m'ho —suplicava en Víctor, astorat.

—Les joies són falses perquè s'ha descobert que són de la mateixa mena que les que van encolomar-me a mi, a l'estació d'Austerlitz. Ho entens?

–No...

–Vol dir que algú ha trobat el lloc on el senyor Aristides i la seva llopada de guiris fabriquen i guarden les joies falses amb les quals enreden els colomins arribats de nou. Ho entens, ara? Vol dir que aquest algú no es pot moure i utilitza les joies com a crit d'auxili. Vol dir que aquest presoner o segrestat en algun lloc ha trobat les joies que els guiris fan servir per a les seves enredades i les llença pels forats i les conduccions d'aigua per alertar la gent que les trobi... Per això s'explica que les joies apareguin a la sopa feta amb aigua de l'aixeta, a l'aigüera, a les canals, al safareig... El presoner devia tirar les joies a les canonades i sortien amb l'aigua a totes les aixetes... Ho entens, ara?

–Vols dir que el presoner és el príncep Alí?

–Qui deu ser, si no és ell?

El senyor Ludovic somreia amb satisfacció escoltant les deduccions d'en Dionís.

El comissari Roger va sortir disparat, sense ni veure'ns, com si no existíssim, seguit d'un grapat d'homes (detectius, gendarmes i periodistes) cap al casalot de les joies. Tots els *jeeps* de la policia el van seguir amb dues furgonetes o *cistells de verdura,* al darrere, fent cridar les sirenes com si anessin a apagar un gran incendi.

–I nosaltres, què fem aquí aturats? –va exclamar en Cèsar.

—No hi acudim, nosaltres?

El senyor Ludovic es va aixecar. Ja no somreia. S'havia posat trist.

—Hi arribaríem tard, nosaltres, nois —va dir—. Si voleu saber-ne més coses, si voleu participar en la festa, aneu al Palau de l'Ambaixada i segur que el rei Ahmed us premiarà amb escreix.

—Però no teniu curiositat per saber on el tenien amagat, el príncep? —va preguntar en Víctor—. Si estava tancat al soterrani o a les golfes?

—M'és ben igual —va fer el senyor Ludovic, tot sortint de la comissaria—. Penso que devia ser a les golfes, però no he estudiat prou física per saber si la força de l'aigua de les canonades hauria pogut portar les pedres amunt, fins a la cuina i la comuna. Devia ser a les golfes, és clar, perquè han dit que algunes joies les han trobat al peu de l'escala i a la teulada del veïnat: això vol dir que el presoner n'ha llençat algunes per algun forat del sostre o per alguna escletxa del terra.

—Senyor Ludovic, on aneu? Què fem? —li va dir en Dionís, una mica esverat.

—Me'n vaig a casa —i tot parlant enfilava carrer enllà sense girar el cap—. Vosaltres rebreu un premi del rei Ahmed, ben segur que us ajudarà a resoldre el vostre futur. En Pere se'n tornarà a casa seva, al seu país, a estudiar. I jo ja en tinc prou que no em fiquin a la presó per haver jugat als bandits i de veure que hi entra l'Aristides i la seva llodrigada de guiris. Què voleu fer-hi?

Nosaltres el seguíem sense dir res. Ell va dir, encara:

–Ah! Un detall en el qual encara no ha pensat ningú. Algun dels vigilants del príncep llegia el diari, o els segrestadors es reunien en un lloc proper al seu amagatall i comentaven les notícies de la premsa, perquè la idea d'utilitzar les joies com un senyal, segur que li va suggerir la lectura dels diaris que parlaven de la trobada del fals príncep amb en Cèsar a Créteil, si no, hauria utilitzat aquest truc molt abans.

Va afluixar el pas per dir amb veu més cordial:

–Sabíeu que el senyor Aristides abans de dedicar-se a les bosses d'altri, era enterramorts, com jo, i va intentar prendre'm la clientela? Bé, la clientela..., els familiars de la clientela. Mai més no l'he pogut veure, ni en pintura!

28 *Tot va succeir tal com el senyor Ludovic havia previst*

TOT VA SUCCEIR tal com el senyor Ludovic havia previst. El príncep Alí, el de debò, va ser trobat en un amagatall de les golfes d'un casalot del barri de la Gota d'Or, el propietari del qual era... el senyor Aristides, amb un home de palla al davant per dissimular, és clar. El príncep va declarar que els segrestadors l'havien tractat bé i que així que els havia entrat el dubte, en llegir els diaris, de si s'havien equivocat de persona, l'havien sotmès a un interrogatori llarguíssim del qual havia pogut sortir-se sense confessar qui era, gràcies al jove que el vigilava, que, per distreure's llegia tots els diaris de la ciutat, i li'n deixava uns quants a ell, quan ja se'ls havia empassat de la primera lletra a la darrera. Pels diaris havia conegut les facècies del nou príncep i havia llegit la notícia del segrest d'un noi que se li assemblava... De seguida havia lligat caps i en sofrir l'interrogatori va atenir-se a la versió del diari.

La Lola, la criada andalusa, fou rebuda pel rei Ahmed i el príncep Alí i condecorada amb una medalla d'or de veritat. Com que una bona part dels estadants del casalot eren àrabs i africans, el rei Ahmed va prometre fer aixecar un casal nou de trinca per a ella i per als dispesers.

En Cèsar, en Víctor, en Dionís i en Hassan van obtenir un bon treball. El bar Èvora va perdre tot el seu encant sense la presència misteriosa i tèrbola del senyor Aristides i el seu escamot. L'Edgar, el cambrer bretó, es lamentava que a ell no li hagués tocat res en aquella mena de rifa del príncep Alí.

—Tu, calla, que el que et tocarà serà el rebre si no vas amb compte i parles massa —el reptava el patró, al qual no havia fet gens de goig tot aquell afer que l'havia esquitxat.

Quan el pare va decidir que la mare i jo deixéssim París abans d'hora i tornéssim a casa perquè la mare ja havia vist tots els aparadors i teatres i s'avorria, a mi em va saber greu d'abandonar aquella ciutat gris i bella i els nous amics que hi havia fet.

—I en Dionís? —demanava jo, per dir alguna cosa, amb una mena de melangia—. I l'Eva, la ballarina? I el noi negre i l'àrab i en Cèsar? Què faran en una ciutat tan grisa, sense sol, tan lluny de casa?

—Ja s'espavilaran, ja —deia el pare tot rient—. Són molts milions a França i arreu del món, com ells. Potser arrelaran aquí i es casaran i tindran fills que seran ben francesos i que no hauran vist mai el país d'on van venir els pares. Amb els anys, potser, el record d'un poblet a Portugal, a Galícia, a Sicília, o al Marroc es convertirà en una llumeta al fons del cervell, com un bon record que guardessin per treure en els moments tristos.

A l'estació d'Austerlitz, mentre esperàvem per pujar al vagó, vam assistir a l'arribada del tren d'Orense.

Darrere la fila de viatgers que s'apressaven carregats de maletes cap a la sortida, un noi caminava lentament, mig perdut, sol, cercant una ajuda amb la mirada. En passar prop de nosaltres, una senyora se li va acostar per demanar-li en francès si necessitava alguna cosa, si volia treball, acolliment, ajuda. El noi no entenia res i la senyora va demanar-nos que li traduíssim la seva oferta.

El noi va fer cara de ressuscitar en assabentar-se de les propostes de la dama, i quan, tots entesos, la senyora va demanar:

—Ets el príncep Alí, oi? Demaneu-li si és el príncep Alí. Ara ja pot dir-m'ho.

El noi va fer cara de no saber de què li parlaven.

—Què vol ara? Què s'empatolla?

La senyora va insistir:

—No cal que dissimuli més. Oi que és el príncep Alí que porta un tresor per a nosaltres?

El pare es va indignar i es va posar a escridassar la bona senyora:

—On s'és vist! —cridava—. Això és jugar amb les persones. Si vol ajudar el noi, ajudi'l, sense demanar res a canvi. Al cap i a la fi, tots els estrangers que vénen a treballar aquí en porten un, de tresor: qui, si no, construiria les carreteres?, qui aixecaria les parets més altes i pujaria a les bastides més perilloses?, qui baixaria als femers de les clavegueres perquè els ciutadans puguin rentar-se la cara i netejar la casa cada dia? Si vénen és perquè els crideu, perquè els necessiteu per fer les feines que vosaltres no voleu fer... Llogueu mà d'obra i es presenten homes sencers. Volíeu una màquina i us espanteu en veure que aquestes màquines són homes i dones com vosaltres...

La senyora es va allunyar esverada, espaordida, tot murmurant: «És boig! Estan ben guillats aquests estrangers! Tots porten un perdigó a l'ala. No n'hi ha cap de bo!»

El noi contemplava l'escena, admirat. Una llum grisa li omplia els ulls.

—Què passa? —va demanar—. Per què fuig, ara? Ja no em vol?

—Es pensava que portaves un tresor —el meu pare li va posar la mà a l'espatlla per encoratjar-lo.

—Oh! —va somriure el noi, fent broma—. I el porto! Vinc amb unes ganes de treballar!

Índex

Col·lecció

EL VAIXELL DE VAPOR

Sèrie Vermella. A partir de 12 anys

1 *L'ocell de foc,* Emili Teixidor
2 *La filla de l'espantall,* Maria Gripe
3 *Piotr,* Jan Terlouw
4 *El tresor del molí vell,* Hannelore Valencak
5 *Les cartes de la Mila,* Francesc Sales
6 *El rei de Katoren,* Jan Terlouw
7 *En Ranquet i el tresor,* Emili Teixidor
9 *El foraster que vingué del mar,* Mollie Hunter
11 *Adéu, Serena,* Maria Lluïsa Solà
12 *Kàvik, el gos llop,* Walt Morey
13 *La Christie i la caçadora de l'Indiana Jones,* Asun Balzola
14 *En Ranquet i els seus amics,* Emili Teixidor
15 *Roderic,* Ramon Martí i Comes
16 *Aquella tardor amb Leprechaun,* Maria Lluïsa Amorós
17 *El corsari,* Miquel Rayó
18 *La lluna de les mil cares,* Dolors Garcia i Cornellà
20 *El lladre d'ombres,* Jaume Cela
21 *La història de la Pätti,* Dagmar Chidolue
27 *L'enigma de l'estàtua,* E. L. Konigsburg
28 *A la punta de la llengua,* Miquel Desclot
29 *El viatge del Dofí Rialler,* Josep Vallverdú
30 *Grafèmia,* Margarida Aritzeta
31 *Temps de gebre,* Jordi Sierra i Fabra
32 *A les golfes en passa alguna,* Avi
33 *Em pots guardar un secret?,* Brigitte Blobel
34 *La màquina de rock / El rei dels mentiders,* M. Villard / P. Mosconi
35 *Procés contra la Joana,* Joan Armangué i Herrero
36 *Eh, vellmarí!,* Miquel Rayó
38 *Els Reis de la Muntanya,* Clare Cooper
39 *En el Cercle del Temps,* Margaret J. Anderson
40 *Idriss, la noia del fil de seda,* Hermínia Mas
41 *Contes per paraules,* Agustín Fernández Paz
42 *El monstre d'Akiya,* Peter Crome
43 *L'amiga del bandoler,* Mira Lobe
44 *El talismà de l'Adriàtic,* Joan Manuel Gisbert
45 *El lloro d'Américo,* Huguette Pirotte
46 *Assassinat a la casa de nines,* Betty Ren Wright
47 *Les ales de la nit,* Emili Teixidor
48 *Tao,* Justin Denzel
49 *Misteri al vaixell encallat,* Anthony Masters
50 *L'última por,* Miquel Rayó
51 *Un estrany a l'Arca,* Josep Vallverdú

52 *Bèsties petites,* Àngels Gardella
53 *La papallona misteriosa,* Jordi Viader
54 *La medalla,* Andreu Sotorra
55 *La taca aTaca,* Toni Matas
56 *L'estiu secret,* Roy Apps
57 *¡Esfuma't, Gaudenci!,* Maite Carranza
58 *¡Silenci, capità!,* Josep Vallverdú
59 *Les rates malaltes,* Emili Teixidor
60 *Qui mana, mana,* Gisela Pou
61 *Crispetes per a la Norma Schweizer,* Pere Pons i Clar
62 *El príncep de Vilamaniscle,* Josep Torrent
63 *Els casos de l'inspector Quetarresto,* Lluís Trullàs
64 *La poció del desig,* Michael Ende
65 *El malefici de la mòmia,* Kate McMullan
66 *El príncep Alí,* Emili Teixidor
67 *Lior,* Núria Pradas
68 *Via Terra,* Ginevra Bompiani
69 *No t'atabalis, Svenja!,* Christian Bienieck
70 *Crit al bosc,* Montserrat Galícia
71 *Vull jugar!,* M. Jesús Bolta
72 *La pedra màgica,* Miquel Fañanàs
73 *El pescador pescat,* Josep Gòrriz
74 *Sempre em dic Pere,* Emili Teixidor
75 *Un viatge mogudet,* Barbara Dieck
76 *La noia del temps,* Eva Piquer
77 *Em vaig enamorar d'una caçadora,* S. Kidmore, S. Barlow
78 *Quin un, en Kamo!,* Daniel Pennac
79 *Deu robins de foc,* Lluís Trullàs
80 *Algú ha vist en Puck?,* Núria Pradas

Col·lecció

GRAN ANGULAR

Títols publicats

1 *Els escarabats volen al capvespre*, Maria Gripe
2 *El passat ha quedat enrera*, Anke de Vries
3 *L'abric verd*, Maria Gripe
4 *Els nois de Dublín*, Jean-Claude Alain
5 *El món de Ben Lighthart*, Jaap ter Haar
6 *Quin curs, el meu tercer!*, Oriol Vergés
8 *Frederic, Frederic, Frederic*, Emili Teixidor
9 *El misteri dels Farrioles*, Maria Lluïsa Amorós
11 *Canya Plàstica*, Dolors Garcia i Cornellà
17 *Còmplice*, Anke de Vries
20 *... en un lloc anomenat Terra*, Jordi Sierra i Fabra
21 *Martín i Lara*, Werner J. Egli
22 *Croada amb texans*, Thea Beckman
23 *El soldat plantat*, Emili Teixidor
26 *La cursa final*, Tessa Duder
28 *Dietari secret*, Maria Lluïsa Amorós
29 *El secret del Falcó*, Anthony Horowitz
34 *Mare, qui ets?*, Rosemarie von Schach
36 *L'Estret del Temps*, Pere Pons i Clar
40 *Escrit a l'ordinador*, Francesc Sales
42 *Què farem, què direm?*, Pep Coll
43 *El jove Lennon*, Jordi Sierra i Fabra
44 *Ebre avall*, Josep Lorman
47 *El meu amic Pau*, Francesc Sales
49 *¡Mai no moriràs, Gilgamesh!*, Pere Morey
50 *¡Frena, Càndida, frena!*, Maite Carranza
53 *Memorial de Tabarka*, Ponç Pons
56 *La nit dels noumóns*, Gisela Pou
57 *L'esbudellador de l'Eixample*, Xavier Vernetta
58 *Un amic a Sud-àfrica*, Lynne Fairbridge
59 *El primer tren*, Oriol Vergés
60 *Eclipsi solar*, Josep Frederic Pérez
62 *A l'ombra de Xiva*, Nina Rauprich
64 *Nocturn*, Josep Górriz
65 *D'on véns, Jan?*, Maria Lluïsa Amorós
66 *L'enigma del laberint*, Sissi Flegel

67 *La dimensió del bosc humit*, Josep Lorman
68 *La filla del llop*, Gillian Cross
69 *Ets galàctica, Carlota*, Gemma Lienas
70 *Cinquanta mil peles per un bigoti*, Àngels Bogunyà
71 *Els arbres passaven ran de finestra*, Enric Larreula
72 *Entre dues tempestes*, Josep Frederic Pérez
73 *Contraban*, Miquel Rayó
74 *Males terres*, Jordi Sierra i Fabra
75 *Les portes del temps*, Mercè Canela
76 *L'enigma dels quadres robats*, Jan Terlouw
77 *El Duomo*, David Nel·lo
78 *Wendy torna a volar*, Olga Xirinacs
79 *Quin sidral de campament!*, Pasqual Alapont
80 *Les joies de la princesa berber*, Montserrat Beltran
81 *Quan la sort arriba*, Mirjam Pressler
82 *Per què no m'ho deies?*, David Nel·lo
83 *El cowboy negre*, Franklin Folsom
84 *Una setmana més, sisplau*, Josep Frederic Pérez
85 *Mòmies*, Olga Xirinacs
86 *Ets un geni, Quim!*, Jordi Fusté
87 *Un cadàver a Charing Cross*, Miquel Fañanàs
88 *Tretze dies i una nit*, Dolors Garcia i Cornellà

Gran Angular

ALERTA ROJA

1 *La Dèlia i els ocells,* Joaquim Carbó

2 *L'aventura de Saïd,* Josep Lorman

3 *Que se'n vagin els estranys!,* Dolors Garcia i Cornellà

4 *La visita de la Dama,* Jaume Cela

5 *Model d'ofici,* Xavier Bertran

6 *L'estel del matí,* Jordi Sierra i Fabra

7 *La noia del jersei groc,* Josep Gòrriz

8 *Un estiu amb l'Anna,* Núria Pradas

9 *La deessa de les neus,* Anna Muntaner

10 *Ostres, tu, saps què?,* Fina Casalderrey

11 *Estimat Ningú,* Berlie Doherty

12 *Llangardaix,* Dennis Covington

13 *Tot per un vestit vermell,* Susanne Fülscher

14 *Camps de maduixes,* Jordi Sierra i Fabra

15 *Dies blaus i dies grisos,* Monika Feth